La mediadora

Novela

mr

Abogacía
Española
CONSEJO GENERAL

MUTUALIDAD DE LA
ABOGACIA

Esta obra resultó ganadora del Premio Abogados de Novela 2015, convocado por el Consejo General de la Abogacía Española, la Mutualidad de la Abogacía y Ediciones Martínez Roca (Grupo Planeta), y fallado por un jurado compuesto por Lorenzo Silva, como presidente, Nativel Preciado, Màxim Huerta, Manel Loureiro, José Calabrús Lara (vocal de la Junta de Gobierno, presidente de la Comisión de Prestaciones y vicepresidente de la Fundación de la Mutualidad de la Abogacía), Jesús López-Arenas González (vicesecretario general del Consejo General de la Abogacía Española y editor de la revista *Abogados*) y Ana Rosa Semprún, directora del Área Espasa (Espasa, Temas de Hoy, MR/Grupo Planeta).

Jesús Sánchez Adalid
La mediadora

Premio Abogados de Novela 2015

mr · ediciones

© Jesús Sánchez Adalid, 2015
© Editorial Planeta, S. A., 2015, 2016
   Ediciones Martínez Roca es un sello editorial de Editorial Planeta, S. A.
   Avinguda Diagonal, 662, 6.ª planta. 08034 Barcelona (España)
   www.mrediciones.com
   www.planetadelibros.com

Adaptación de la cubierta: Booket / Área Editorial Grupo Planeta
Imagen de la cubierta: © Jill Ferry / Trevillion Images
Primera edición en Colección Booket: abril de 2016

Depósito legal: B. 4.170-2016
ISBN: 978-84-270-4267-4
Impresión y encuadernación: EGEDSA
Printed in Spain - Impreso en España

Biografía

Jesús Sánchez Adalid (Villanueva de la Serena, Badajoz, 1962) se licenció en Derecho por la Universidad de Extremadura y realizó los cursos de doctorado en la Universidad Complutense de Madrid. Ejerció de juez durante dos años, tras los cuales estudió Filosofía y Teología. Además se licenció en Derecho Canónico por la Universidad Pontificia de Salamanca. Es profesor de Ética en el Centro Universitario Santa Ana de Almendralejo. Es autor de novelas históricas de gran éxito y ha recibido como reconocimiento numerosos galardones: Premio Fernando Lara, Premio Alfonso X el Sabio, Premio Internacional de Novela Histórica de Zaragoza, Premio Diálogo de Culturas, Premio Hispanidad y Premio Troa de Literatura con Valores. Por su novela *La mediadora* recibió el Premio Abogados de Novela. Ha sido elegido académico de número de la Real Academia de las Letras y las Artes de Extremadura.

A mis queridos compañeros y compañeras de la octava promoción de la licenciatura de Derecho de la Universidad de Extremadura en Cáceres (los felices años 1980-1985)

«No podemos cambiar nada hasta que lo aceptamos.
La condena no libera, oprime».

CARL G. JUNG

Primera parte
Voy detrás de ti

Uno

El 22 de junio, a las siete de la tarde, un coche negro, marca Audi, circula alegremente por una apartada carretera del norte de Extremadura. A derecha e izquierda, el incipiente verano hace amarillear la hierba de los campos; el paisaje presenta la amenidad verde de las encinas carrascas y, a lo lejos, las laderas de una sierras pobladas de jaras. Un cielo transparente deja que el sol se apodere de todo y llega a tenerse la impresión de que se ve el calor... El coche, rompiendo la armonía del paisaje, abandona la carretera y se adentra un trecho por una pista de tierra, descendiendo por una pendiente cada vez más pronunciada, levantando polvo tras de sí. Un instante después, aparece al frente la anchura quieta y bruñida de un pantano. El camino finaliza en la orilla. El coche se para. Se abren las puertas y salen del interior un hombre y una mujer, sonrientes, eufóricos. Contemplan el encantador panorama: el agua que destella inmóvil, las orillas solitarias y pensativas, algunos ánades que revolotean a lo lejos, las laderas de los cerros que se precipitan sobre la hondura de la cuenca del embalse... El aire está detenido, todo es silencio y calma. El hombre y la mujer se abrazan, se besan y hablan algo entre ellos. Un momento después, se quitan toda la ropa con frenesí, entre risas, como si fueran chiquillos. Aunque ella, no obstante la firmeza de su cuerpo armonioso y sonrosado, descarnado a fuerza de dieta, es apreciablemente madura, cincuentona. Él será unos diez años más joven. Pero si alguien les estuviera viendo allí, desnudos bajo el sol de la tarde, tal vez pudiera llegar a pensar que ambos tienen la misma edad...

Y no sospechan siquiera que son observados en secreto... Desde lo alto, les mira un hombre de estatura mediana, cabeza redonda, pelo ralo, perilla y gafas, apostado tras unas rocas, a unos cien metros de la orilla; sudoroso, sofocado, pues hace tan solo un momento que estaba caminando deprisa por la misma pista, tragándose el último rescoldo del polvo dejado por el Audi, tras apearse de un taxi que le seguía a distancia. Y ahora permanece muy quieto, mientras espía todos los movimientos de la desnuda pareja: cómo se zambullen a la par en el agua, entre albórbolas de felicidad, chapoteos, arrumacos y juegos pueriles.

En una primera impresión, se pensaría que el observador es un simple voyerista que ha ido detrás de ellos con el único propósito de darse gusto viéndoles bañarse en cueros; o peor aún, que sus intenciones son tal vez de índole más perversa. Pero, a pesar de que pone gran empeño en ocultarse y no quitar ojo, en el rostro de aquel hombre no hay asomo de lujuria, ni en su mirada centellea una curiosidad insana o malévola. En su expresión se adivina más bien abatimiento, fatiga, evidente dolor...; y en sus ojos, el único brillo que hay es el de las lágrimas contenidas. Es sin duda un espía afligido, derrotado, al que castiga el sol de aquella ardorosa tarde de principios del verano, y que, seguramente, también quisiera arrancarse la ropa resudada y lanzarse en el agua fresca, como esos enamorados a quienes acecha, no sabemos todavía por qué extrañas razones.

Transcurre un tiempo indeterminado, en el que prosiguen los chapuzones, las risas y las conversaciones de la pareja que está inmersa hasta el ombligo, sin que pueda entenderse en la distancia ninguna palabra de lo que hablan. Pero más tarde la mujer empieza a nadar hacia la hondura del pantano, a estilo crol, lanzando alternativamente los brazos, de manera rápida y delicada; batiendo con perfección las piernas; se desvía veloz y se hace pequeña su cabeza oscilante a medida que se aleja, entre plateadas salpicaduras, dejando una estela de espumas y serpenteos. De momento, su compañero se queda como perplejo, viéndola separarse de él con habilidad de sirena. Pero enseguida reacciona y echa a nadar tras ella, si bien con menor elegancia, con brazadas que parecen torpes manoteos y patadas al agua. Hasta que los dos están pronto como a quinientos metros de la orilla.

Entonces el mirón se endereza en el escondrijo; estira el cuello, aguza la vista; diríase que está suspenso, pues tal vez no se esperaba aquella intrepidez natatoria en ellos, y acaba poniéndose en pie, con la mano haciendo de visera para ver mejor lo que sucede en el agua resplandeciente. Y agitando la cabeza, en evidente señal de consternación, acaba murmurando para sí:

—Loca, está loca, loca de remate... ¡Ya le daré yo lo que se merece!

Luego se arroja con rápidas zancadas por el camino, ladera abajo, hacia el coche. Lleva el semblante extrañamente perturbado, con una alteración que le aporta un aire de trastorno, como un trance, que el brillo del sudor acentúa. Quien le viera así, con los ojos delirantes fijos en el punto donde la pareja sigue nadando, pudiera suponer que va a echarse al agua tras ellos, quizás para tratar de hacerles volver, por miedo a que pueda pasarles algo, para socorrerlos... o quién sabe con qué propósito. Sobre todo porque aquel agitado hombre, entre jadeos, sigue murmurando:

—Loca, loca de remate... ¡Ahora verá!

Pero lo que pasa a continuación hace pensar en motivos muy diferentes. A todo correr, va directamente a las piedras donde los bañistas han dejado sus cosas y recoge todo cuanto allí hay: las ropas, un bolso y un sombrero. Luego carga con todo ello hacia el coche y entra en él. La llave está puesta; arranca el motor, mete la primera y maniobra en un escueto espacio llano, con violentos movimientos del volante, haciendo que derrapen las ruedas mientras obliga a dar la vuelta al vehículo. Apenas un minuto después está conduciendo cuesta arriba, demasiado deprisa, por el pedregoso camino, levantando una polvareda grande, sin ni siquiera volverse para ver qué hacen aquellos a quienes ha dejado nadando en el medio del pantano, completamente desnudos, aquel día 22 de junio.

Mientras cae la tarde, el Audi deja la pista y coge la carretera en dirección oeste, recorriendo entre cerradas curvas y en sentido contrario la ruta por la que vino hasta allí. Mientras conduce, el hombre de la perilla se echa a reír de repente como un loco.

—¡Ahora verán qué sorpresa! —exclama—. ¡Que se jodan! ¡Que se jodan, coño! ¡Que les den...!

Acelera hasta llegar al cruce con la autovía y se adentra en ella, tomando ahora la dirección sur. Parece contento, no obstante seguir sulfurado. De vez en cuando sacude la cabeza y dice como para sí:

—Me gustaría ver sus caras... A ver qué hace ahora la muy... ¡Que se joda! —Y vuelve a reír con forzadas carcajadas.

* * *

Dos horas después, el Audi negro está recorriendo el centro de Cáceres. Se detiene en un semáforo y después gira a la derecha, metiéndose por una avenida que empieza a subir. El conductor conoce bien el recorrido, lleva el volante con seguridad, de forma mecánica, siguiendo siempre cuesta arriba, por una calle y luego por otra y por otra, cada vez más estrechas. Llega luego a una plazoleta llana y allí empieza a bajar. Hay poco tráfico y el sol, al frente, declina ya molestamente con amarillos reflejos, creando sombras alargadas en todas partes. Medio deslumbrado, aquel hombre llega al fin a lo que parece ser su destino y se dispone a aparcar en un callejón estrecho. Pero, de repente, ve destellar las luces azulencas de un coche de la policía un poco más adelante y oye el estridente ruido de la sirena.

—¡Me cago en...! —exclama, dando un puñetazo en el salpicadero—. ¡Ya están estos aquí!

Frena y ve venir a dos policías presurosos por en medio de la calle, dándole el alto, poniéndose delante del coche.

—¡Aparque, caballero! —le ordena con autoridad uno de ellos, mientras le señala con la mano un espacio libre a su izquierda.

El conductor del Audi hace lo que le dicen. Ahora parece consternado, serio, amargado. Baja el cristal de la ventanilla y permanece sentado dentro del coche como a la espera.

—¿Es usted don Agustín Medina? —le pregunta el policía con gesto adusto.

—Sí.

—Pues salga del vehículo, caballero.

—¿Yo? ¿Por qué?

—Porque debe acompañarnos a comisaría.

—¿Eh...? ¿A comisaría? ¿Por qué motivo? ¿Qué he hecho yo?

—Deme su documentación, por favor, caballero.

—¿Mi documentación? A ver, dígame primero de qué se me acusa, agente.

—Caballero, primero debe darme su documentación, según el artículo 20 de la ley sobre protección ciudadana.

—No hace falta que me cite la ley —contesta él, mientras sale del coche—. Dígame si he cometido alguna infracción.

—Debe seguirme, caballero —dice el otro policía—. En la comisaría se lo explicarán todo. Haga el favor de no ponernos más difíciles las cosas.

Dos

A las diez y media de la noche de aquel 22 de junio todavía no ha anochecido del todo, aunque hace ya rato que el sol se ha puesto por detrás de la parte más alta de la ciudad vieja de Cáceres. Un taxi recorre la vía de circunvalación por el norte y vira en una rotonda para adentrarse en el casco urbano. Sentada en el asiento trasero va una mujer madura, de natural buen porte, a pesar de que, aunque parezca extraño, viste un holgado y típico mono de trabajo azul y calza unas chanclas pobres que también le quedan demasiado grandes. Como se habrá vislumbrado, es aquella a quien hace más de tres horas dejaron nadando desnuda junto a otro hombre en el pantano, en medio de un agreste y solitario paraje. Ahora regresa a su casa sola, en taxi, con evidente consternación en su semblante y un ligero resto de rímel corrido bajo el ojo izquierdo, prueba de alguna lágrima vertida.

Cuando el taxi se detiene en un semáforo, ella levanta su mirada hacia la altura de las torres y los campanarios repletos de cigüeñas: una visión fascinadora, con la majestad divina de aquellas siluetas de ensueño, entre sombras y luces, bajo la túnica violácea del ocaso. Luego echa una ojeada a los edificios más cercanos, las tiendas, los restaurantes, las ventanas, los balcones, las fachadas... Ese primer día del verano todo está teñido de un cierto encanto, en la luminosidad tenue y la atmósfera cálida. La mujer lo aprecia, no obstante su fastidio, y hace un gran esfuerzo para serenarse, dejando que su mirada descanse contemplando blandamente la gente que pasa, los niños, las primeras farolas que se encienden, las copas de los árboles y los callejones que se cruzan entre sí. Suspira con cierto aire de conformidad, e incluso se dibuja en la comisura de sus labios un amago de sonrisa extraña.

Girando el volante hacia la derecha, pregunta el taxista:

—¿Por aquí, señora? ¿Aquí me dijo usted? —Detiene el vehículo al principio de una calle céntrica.

—Sí, ahí es. Justo ahí enfrente, cruzando la calle.

Ella abre la puerta y hace ademán de salir, pero inmediatamente se vuelve:

—Deme su tarjeta, con el número de su teléfono —le dice al taxista—. Mañana haré como hemos quedado: le llamaré e iré a pagarle el importe del viaje. Aunque, si lo prefiere, puede esperar a que suba a mi casa a por el dinero... Ya sabe que no llevo nada encima...

—¡Oh, no! ¡Por favor, señora! ¡Faltaría más! Ande, suba a su casa, que estarán preocupados... Además, hay aquí mucho tráfico. Y no hace falta que sea mañana mismo; cuando usted quiera, señora, cuando pueda... ¡Cómo no me voy a fiar! Tratándose de usted... Ya se lo he dicho: ¡no sabe cómo la admira mi mujer! Bueno, ¡y yo! ¡No sabe cómo se la admira en casa! Encantado de poder hacerle este favor y lo que sea preciso, señora...

—Gracias, muchas gracias. Mañana sin falta iré a pagarle. No me gusta dejar estas cosas, que se olvidan...

Ella cruza la calle deprisa, lanzando ojeadas a un lado y otro, consciente de que su atuendo resulta del todo estrafalario. La casa es una vivienda unifamiliar, con una fachada sobria, elegante; cuatro balcones en el piso alto y una puerta flanqueada por ventanas. Como no tiene la llave, no le queda más remedio que llamar al timbre del telefonillo. Nadie contesta; se impacienta e insiste una y otra vez, sin dejar de mirar hacia los lados.

—¿Quién es? —responde al fin metálicamente una voz femenina.

—¡Abre, corre, abre, que soy yo!

—¿Quién?

—¡Mamá!

—¡Ah, mamá!

Un instante después, se abre la puerta y aparece una chica adolescente, de unos dieciséis años:

—¡Mamá! ¡Ay, mamá! —exclama—. ¡Ha venido la policía!

—Vamos, vamos adentro, hija.

—Pero... ¡Mamá! ¿Por qué llevas ese mono horrible? ¡Mamá, por favor, ¿qué ha pasado?!

—Entra, entra, que ya te contaré...

* * *

Hacia la medianoche, la mujer ya se ha duchado, ha cenado y, vestida con una bata ligera, está mirando por la ventana de la cocina de su casa, que se abre sobre los tejados de los extremos del barrio viejo. Clava los ojos en la oscuridad con un vago desasosiego, como si estuviera requiriendo de ella ayuda para poner en orden sus pensamientos. Es una mujer atractiva, cuya belleza acentúa el pelo corto, muy negro y brillante, que deja libre un cuello esbelto y una clavícula delicada, perfecta. Incluso aquella bata simple, casi blanca, le aporta un aire de distinción, no obstante el cansancio, la confusión y el halo de disgusto después de lo sucedido esa tarde.

Su hija está sentada junto a la mesa de la cocina. Ha estado llorando hasta hace un instante, pero ahora se ha calmado y únicamente refunfuña:

—No me lo puedo creer, mamá... ¡Imposible!

—Qué sí, Marta, créeme. ¿Cómo me voy a inventar algo así? Parece cosa de película, pero es verdad: tu padre nos dejó allí, en mitad del campo, sin coche, sin ropa, sin teléfono y sin dinero. Tuvimos que ir caminando descalzos cinco kilómetros, hasta Valdecañas del Tajo, y pedir auxilio en un bar... ¡Qué vergüenza! En mi vida, Marta, he pasado una vergüenza así... ¡Creí que me moría!

La muchacha mira a su madre desde un abismo de confusión y tristeza. Es morena, muy guapa; los ojos almendrados, grandes y sinceros; el pelo castaño oscuro, la nariz bien dibujada y una expresión de desvalimiento que da pena.

—Me parece una cosa horrible —dice, rascándose la cabeza—. Es que me cuesta creer que papá pueda hacer una cosa así. ¿Se ha vuelto loco?

—Eso parece, hija, loco de remate. A mí también me cuesta creerlo, pero no me cabe la menor duda de que fue él.

Marta, al oírle decir eso, levanta hacia su madre unos ojos iluminados por una incipiente esperanza.

—A ver si no ha sido papá... ¿Y si ha sido un ladrón? —aventura.

La madre la mira y menea la cabeza.

—¿Un ladrón? ¡Vamos, Marta! ¡Ha sido tu padre! —contesta con desdén.

—Pero... ¿tú le viste? Mamá, ¿le viste?

—No, no le vi. Ya te he contado como fue: estábamos nadando, muy adentro del pantano, y no nos dimos cuenta hasta que a Alberto le dio por volverse y vio que el coche iba ya lejos, por la cuesta arriba a toda velocidad...

—¿Y Alberto vio que era papá?

—No, solo vio el coche, como yo. Había demasiada distancia.

—Pues no era papá... —asegura Marta, con un suspiro de alivio y sonriendo—. No seas malpensada, mamá, que ha sido un ladrón. ¡Seguro que fue un ladrón!

—Marta, hija, ¡qué ingenua eres! Ha sido tu padre, con el único fin de hacerme daño. Él sabía que Alberto iba a venir el fin de semana y que iríamos a comer a Trujillo. ¿No te das cuenta? Cogió un taxi, nos estuvo siguiendo de lejos, para que no nos diéramos cuenta,

y cuando vio que íbamos hacia Valdecañas del Tajo...
En fin, Marta, que no quiero darte detalles, que eres
pequeña aún para tener que saber todo esto...

Se produce un silencio raro, en el que madre e hija
se miran. Luego Marta baja la cabeza, fija sus ojos en
la mesa y pregunta:

—¿Y para qué ha venido la policía entonces si papá
no vive aquí?

—Pues para investigar. Seguramente, para ver si
yo había llegado ya. Pero ya he llamado para decir
que estoy en casa y que sigo adelante con la denuncia.

—¿Le has denunciado? ¿Has denunciado a papá?
¡Mamá!

—He hecho lo que se debe hacer, Marta.

Se hace un silencio incómodo.

—¿Y estabais bañándoos desnudos? ¿Alberto y
tú? —pregunta la muchacha, tímidamente, con un
hilo de voz.

—¡Marta, que no te voy a dar detalles! Vámonos a
dormir... Ha sido un día horrible...

—¡Qué noche tan demencial! —suspira Agustín Medina con los ojos entornados, llevándose las manos a las sienes.

—Como si el día que pasaste ayer hubiera sido menos demencial —le corrige su amigo, el abogado Ángel Ruiz, que le mira con aire de estupefacción.

Ambos están sentados frente a la barra de un bar de las afueras de Cáceres, próximo al moderno edificio de la nueva comisaría de la Policía Nacional. Son las siete de la mañana y acaba de amanecer. La luz que entra a raudales por una amplia cristalera hace brillar todo lo que hay en el local: la humeante máquina del café, los taburetes giratorios, el aluminio de la barra, los plateados tiradores de cerveza, las botellas alineadas en los estantes... No hay nadie más allí, excepto el empleado que hace su trabajo colocando los bollos en una bandeja, mientras mira de reojo de vez en cuando hacia la televisión encendida donde los locutores repiten monótonamente las noticias. Mientras tanto, Agustín y Ángel hablan a media voz, al mismo tiempo que dan cuenta de un desayuno completo:

zumo de naranja, café y tostadas con aceite, tomate y jamón.

Agustín acaba de salir del calabozo, y el relato de lo sucedido que le hace a su amigo y abogado no puede ser más caótico; como lo ha sido en el despacho policial donde se le tomó declaración una hora antes. Mientras él habla, a Ángel Ruiz le parece que sus palabras, en lugar de esclarecer mínimamente los hechos, los privan del último destello de claridad. Así que no toma al pie de la letra lo que le dice. Agustín es demasiado melodramático y atormentado para expresarse con cordura. Entre la tristeza y el consuelo, la pena y la resignación, con la frente empapada de sudor, sin afeitar y con el desaliño de unas ropas que no se ha quitado en muchas horas, se queja por haber tenido que permanecer encerrado durante siete largas horas.

—En un semisótano —dice con amargura—, sin reloj, sin cinturón, sin los cordones de los zapatos, sin el bolígrafo siquiera... ¿Qué pensaban? ¿Qué me iba a autolesionar? ¿Yo? ¿Se creían que me iba a clavar el boli en un ojo? ¿O que me lo iba a tragar...? Y luego, ¡qué calor! No sabes qué calor hace allí, sin ventilación natural...

—Agustín, es la ley. La ley es igual para todo el mundo... No eres un crío, ya sabes como son estas cosas...

—¡Ah, Ángel, estas cosas! Estas cosas no se llega a saber lo que son hasta que... Ahora sí que me hago cargo de lo que es estar detenido... Qué poca consideración me han tenido. Fíjate, ni siquiera han podido darme uno de los calabozos individuales. Pues no, ¡hala, al colectivo! Con cuatro delincuentes más...

—El comisario ha dicho que los individuales estaban ocupados por gente peligrosa —responde Ángel.

—¡Gente peligrosa! Que no, que no les ha dado la real gana de darme ninguna mínima comodidad. Basta que sea el exmarido de quien soy para que se hayan dicho: «A este como a los demás, para que se entere». Hazme caso, Ángel, que los conozco bien, han disfrutado con mi suplicio... No fuera a ser que alguien se quejase y quedasen ellos mal... Ya sabes, que si trato de favor, que si preferencias, que si mandangas... ¡Mierda! Con cuatro delincuentes me han tenido ahí recocido siete horas... ¡Qué calvario! —resopla—. Había un gordo borracho, allí echado en el suelo, que roncaba, bufaba y se tiraba cada cuesco... ¡Qué cerdo el tío! ¡Qué pedos! De esos que, además de atronar, te asfixian... ¡Qué peste! ¡Qué calvario!

Ángel se echa a reír con ganas. A pesar de lo dramático de la situación, Agustín tiene gracia para contar ciertas cosas; le sale el humor de manera espontánea, sin necesidad de buscarlo aposta, por muy deshecho y atormentado que se encuentre.

—Sí, ríete, ríete —prosigue él, con una mueca que, no obstante ser de contrariedad y resentimiento, resulta algo cómica—. Y para colmo, aparte de pedos, va el gordo y se suelta allí una vomitera, de esas de vino rancio y tropezones de chorizo...

—¡Agustín, ya basta! —exclama Ángel, entre la risa y la repugnancia—. Ya basta, por favor, que no me voy a poder comer la tostada del asco que me da.

—¿Asco? ¡Asco el mío! Asco el que yo he pasado ahí dentro... Verás como yo sí soy capaz de comer... ¡Más de veinte horas llevo sin probar bocado! Desde que desayuné ayer, antes de salir de casa para... En fin, ya sabes para qué...

Ángel Ruiz se pone serio de repente, mirándole muy fijamente.

—No, Agustín, no sé para qué coño tuviste que salir ayer de casa, con Dios sabe qué ideas, qué locas ideas te pasaban por esa cabeza tuya... —le reprende—. ¡Sí que lo sé! ¿Cómo no lo voy a saber? Soy tu abogado... Sé lo que hiciste, pero no sé con qué fin. ¿A quién se le ocurre hacer eso? ¿Estás majara? ¿Cómo te dio por seguir a tu exmujer y a su pareja y hacerles lo que les hiciste? ¡Y la declaración que has hecho al comisario! Farragosa, inconexa, absurda... Veremos en qué acaba todo esto. Porque tu exmujer no se va a quedar quieta: te va a buscar las cosquillas en serio... ¿En qué coño estabas pensando? ¿Cómo se te ocurre ir a quitarle el coche? ¡El coche es suyo!

Él se encoge y baja la cabeza.

—Me lo preguntas como si me interrogaras, Ángel... —contesta compungido—. Me está pareciendo que sigo ante ese antipático comisario que me acaba de tomar declaración en la Policía...

—Agustín, te lo pregunto y basta: ¿a quién coño se le ocurre algo así? ¿No sabes que el coche le pertenece a ella después del divorcio?

Él levanta la cabeza y ensaya una sonrisa que se le ahoga en los labios:

—Fue una broma, una simple broma... —admite.

—¡¿Una broma?! ¿Tú estás en tus cabales? ¡Agustín! ¡Les dejaste en pelota picada en mitad el campo! ¡Por Dios! Sin sus ropas, sin sus zapatos, sin sus documentos... ¡Les robaste el coche!

—¡Que se jodan! ¡Se lo merecen! Además, todo el mundo sabe que ese coche es mío. Yo lo compré, Ángel, tú lo sabes mejor que nadie. ¡Lo sabe Dios! ¡Me cago en...! El coche es mío... Y va ella y... ¡Con ese tío! ¡En mi coche! La muy...

—Agustín, Agustín, razona. El coche no es tuyo; las medidas provisionales se lo adjudicaron a tu exmujer. ¿Cómo coño no te acabas de meter eso en la cabeza de una puta vez? ¡Agustín, que eres aparejador! Tienes una carrera universitaria, no eres analfabeto. Esas cosas no se pueden hacer. Y da gracias a Dios que te haya dejado salir del calabozo el juez; porque la denuncia que te han puesto es por robo con premeditación y alevosía. Y no solo del coche, sino también de las ropas, las carteras, los teléfonos... ¡Te trajiste todo en el coche! ¡En pelotas, Agustín! ¡Los dejaste en cueros! Tuvieron que caminar descalzos hasta el pueblo más próximo; hasta Valdecañas del Tajo, a cinco kilómetros... ¿Te das cuenta, Agustín? ¡A cinco kilómetros! Andando, descalzos, en bolas... El cabreo que tienen es monumental. Tu exmujer ya no va a parar hasta hacerte pedazos. De momento, ha añadido a la denuncia daños físicos y morales, acoso, malos tratos... ¡La has cagado, Agustín! La has cagado bien esta vez...

Agustín ha escuchado atentamente, mientras su amigo le hacía estas reconvenciones. La cara se le ha puesto roja y los ojos le brillan como si estuviera a punto de echarse a llorar. Quiere responder algo, pero acaba emitiendo un sonoro suspiro. Luego devora pensativo la tostada, se lleva la taza a los labios y sorbe el café, encorvado, vencido. Parece que cualquier asomo de respetabilidad ha huido de él, dejándole convertido en un simple pobre hombre.

—Agustín, por favor, razona —prosigue el abogado, que le contempla dividido entre la pena y el enfado—. No puedes hacer estas cosas, porque con ellas echas a perder la poca credibilidad que te queda. Ahora debes estarte quietecito, mientras el pleito está en el juzgado... Además, ya sabes lo que puede pasar: si interpretan como acoso y malos tratos lo que has hecho, no tendrás nada que hacer.

Él suelta la taza y se le queda mirando.

—¡A mí el pleito ya me importa un carajo! —contesta desdeñosamente—. Le darán la razón, como en el juicio anterior.

—¿Y qué has ganado dejándola en bolas en mitad del campo?

—Fastidiarla, fastidiarla a ella y fastidiar también al pazguato ese que la tiene encandilada como a una cría boba de quince años.

—¡Agustín! No te lo diré más veces: si sigues por ese mal camino, acabarás mal. Estáis divorciados; ella es libre y puede hacer lo que quiera. Puede tener novio, puede volver a casarse...

—¡También yo soy libre! —contesta él, golpeándose el pecho y echando chispas por los ojos.

—Sí, pero no para hacer daño deliberadamente. ¡No para cometer delitos!

Se hace entre ellos un silencio incómodo. Han alzado la voz tanto que el camarero, fingiendo estar ajeno a la conversación, seca los vasos mientras lanza alguna que otra miradita torva de soslayo.

Agustín saca el pañuelo del bolsillo, se lo lleva a los ojos y se los enjuga con violencia. Luego se limpia los mocos. Le tiemblan los labios, por mucho que trate de disimularlo.

—Esto es muy duro, Ángel —dice con voz apagada, entre resoplidos—. ¡No sabes qué duro es todo esto para mí! Tengo cincuenta años cumplidos... ¡Si hubiera sido antes!

Su amigo le pone la mano en el hombro y le dice consoladoramente:

—Si hubiera sido antes, seguro que habría sido peor. Ahora tus hijas son mayores: una tiene dieciséis años y la otra veintiuno; imagínate si les hubiera cogido con tres y siete.

Él asiente con movimientos de su cabeza, que está ladeada en claro ademán de escucha.

—Sí, tienes razón —replica—, pero, aun así, a mi hija Marta le está costando mucho...

—Naturalmente, porque es la pequeña.

—Y a mí, Ángel. ¡No sabes lo que estoy pasando!

CUATRO

Es uno de los últimos días del mes de julio, en torno al
mediodía. Los fatigados madrileños que salen de sus
trabajos para comer empiezan a pensar en las brisas
de la costa, o en el lánguido descanso de sus lugares de
origen en la entrañable e inmóvil vida de provincias.
Mavi, en cambio, ha tomado la decisión de quedarse
en Madrid durante todo el verano. En agosto la capi-
tal se convierte para ella en un maravilloso espacio,
más abierto e inagotable, libre de atascos, de oficinis-
tas y del cotidiano agobio de las prisas y los ruidos. Es
una oportunidad única para salir a caminar y perderse
por los barrios y las calles de la ciudad, en un interminable laberinto de pasos, unida a los turistas, al curio-
seo de otra gente nueva, pasajera, más calmada, más
sonriente; gente entregada a sus vacaciones aprovechando el vacío dejado por aquellos que han huido
hacia las suyas propias, lejos, a los mares, a las montañas, a los pueblos del interior o al apretujado y solea-
do bullicio de alguna isla del Mediterráneo.

A Mavi permanecer en Madrid durante el mes de
agosto le proporciona, más que nada, cierta paz, un

vacío interior saludable, como una escapada de sí misma y un regreso armónico al deseado territorio de la escritura. Porque ella, invariablemente, se dedica a escribir sus libros desde Semana Santa hasta finales de septiembre. En esto, como en algunas otras cosas, es metódica, puntual, inflexible. Para ser exactos, se comporta de esta manera en lo que tiene que ver con el trabajo, para el cual siempre fue disciplinada y eficiente. Lo cual no significa, ni mucho menos, que sea una de esas personas organizadas en todo, rutinarias o amantes de las normas y los convencionalismos. Digamos más bien que siempre fue lo contrario de eso, salvo a la hora de trabajar.

Con sus cuarenta y nueve años cumplidos, a estas alturas de su vida, Mavi ha llegado ya a la conclusión de que nada es real en este mundo excepto el azar. Y con este convencimiento es capaz de seguir adelante sin llevarse ningún disgusto serio. ¿Para qué angustiarse? ¿Para añadir mayor desazón a los reveses que ya de por sí son inherentes al hecho de vivir? Quizás por eso escribe novelas de misterio: porque, precisamente, la existencia humana ya carece para ella de todo misterio, y en consecuencia, se cree en la obligación de inventarlo, de crearlo y ponerlo de alguna manera en las vidas de los demás. Firma estas obras con el nombre de Laura White, como seudónimo en honor a la protagonista de la novela *La dama de blanco*, de Wilkie Collins. Y a decir verdad, a Mavi no le ha ido nada mal con la escritura. Produce sus novelas a razón de una al año y, a veces, incluso dos, lo cual le ha proporcionado, demasiado fácilmente y con una rapidez nada esperada en un principio, una fama considerable. Ha ganado en los últimos tiempos dinero suficiente para no dedicarse a otra cosa y pudo abandonar, pasados cuatros años desde la publicación de su primer título, la profesión de jueza, a la que se venía dedicando, también con cierto éxito, desde que aprobó las oposiciones a los veinticinco años. Como no emplea más de cinco o seis meses en la escritura de una novela, está libre el resto del año para hacer lo que quiera: ir a exposiciones, al cine, leer mucho, viajar, impartir conferencias y seguir las temporadas de teatro y ópera en otoño e invierno. Durante el verano, aparte de encerrarse a escribir durante seis o siete horas diarias, suele salir de su apartamento de Madrid para caminar por la ciudad, hacia donde la lleven sus pies, sin plantearse ir a este o aquel lugar concreto, entregándose al suave movimiento de los turistas en la calles, para liberarse de la obligación de pensar a la que se ha visto sujeta el resto de la jornada, en su cotidiano trabajo de inventar personajes, circunstancias e historias...

Este día de finales de julio se percibe ya en Madrid el ansia vacacional. Mavi camina y lo aprecia. Sigue y sigue su imaginación excitada, inventando la trama de lo que piensa escribir cuando llegue a casa: la historia de una niña robada en un hospital en los años setenta, que ahora, pasado el tiempo, resulta elegida ministra del Interior después de que el partido al que está afiliada haya ganado las elecciones. Empieza a partir de aquí un elaborado juego de coincidencias, descubrimientos y sorprendentes encuentros que van dando forma al misterio del relato. Mavi deambula por la ciudad, como abstraída, mirando sin ver; porque los ojos interiores de su imaginación van tejiendo el argumento de su novela, mientras se regocija y se felicita por haber dado con una serie de elementos que serán la clave del que puede ser su éxito próximo: el escabroso asunto de los niños robados, la política, la investigación judicial; confusas y oscuras relaciones personales y familiares; intrigas y un final imprevisible. Seguro que su editora va a estar contenta y le va a ofrecer un contrato con un buen anticipo. Estas enmarañadas historias están de moda últimamente y, mientas dure el tirón y la complicidad con los lectores, a Mavi le cuesta poco inventarlas; y además las escribe bien, con fluidez, como sin hacer demasiado esfuerzo. Sobre todo, desde que se vino a vivir a Madrid por temporadas.

Hace ya más de dos años que se alquiló un apartamento en el barrio de Salamanca. Cuando obtuvo su mayor éxito con la novela *La familia y la bestia*, en la que contaba la terrorífica peripecia de un matrimonio perdido en una carretea secundaria, cerca de Finisterre, en la oscuridad de una larga noche de invierno, a merced de una cruel banda de narcotraficantes. Esta historia rebuscada, pero ágil y trepidante, se vendió como rosquillas: más de cien mil libros, que le proporcionaron una buena suma por los derechos de autor. Fue a partir de ese momento, en medio de la presión de la fama, el acoso de los medios de comunicación y las propuestas de los editores, cuando ella empezó a plantearse un cambio importante en su forma de vida. Se sintió de repente verdaderamente afortunada al tener la oportunidad de dejar atrás sus pesarosas obligaciones como jueza, por muy bien que le fuera: se acabaron los interminables expedientes, las consultas, las largas horas de estudio, las idas y venidas al juzgado; y sobre todo, se acabó la rutina de una vida como tantas otras vidas, de frenética actividad durante los días de diario y de aburrimientos y tedio el fin de semana. A partir de ahora, podría seguir escribiendo, pero solo dedicándose a eso; y resultaba que encima era eso lo único que últimamente se sentía capaz de hacer.

* * *

Después de comer el calor se hizo agobiante. Entonces Mavi regresó a su apartamento para escribir. Durante cuatro horas ha estado sumergida en la historia de la ministra, dando forma a la ingeniosa manera en que la protagonista decide zafarse de la incómoda situación de tener que reencontrarse con unos padres (sus verdaderos padres) de cuya custodia fue sustraída y que ahora la reclaman como hija en un conocido y sensacionalista programa de televisión. Mientras la escritora saborea sus ocurrencias, está fresca, tranquila, contenta. Crea escenas y personajes con un notable control de su oficio, enteramente ajena al asfixiante ambiente exterior y a la fatiga de los madrileños que regresan a sus hogares, tal vez pensando solo en sus vacaciones. Y justo cuando está releyendo lo que ha escrito, reflexionando sobre el significado de las frases y corrigiendo lo que no termina de convencerla, suena el teléfono. Mira el reloj, ve que son más de las nueve y se pregunta por qué alguien llama a esas horas. Se levanta contrariada y va hacia donde tiene el móvil. La pantalla del iPhone indica que llama «MAITE». Es su abogada.

—¿Sí? —pregunta Mavi.

Al otro extremo de la línea, contesta una voz a la vez mecánica y llena de sentimiento.

—Mavi, ¿cómo estás?

—Ya ves, Maite, escribiendo.

—¿Hace calor en Madrid?

—Sí, hoy sobre todo.

—Pues figúrate aquí, en Cáceres. ¡Uf!

Por un instante hay una pausa, en la que Mavi supone que quizás su abogada le va a dar malas noticas; así que se impacienta y pregunta, un poco inquieta:

—Maite, ¿ha pasado algo?

—Sí. Ya tengo la sentencia.

—¿Y qué hay en ella? ¿Es malo o bueno?

—¡Fantástico, Mavi! —exclama la abogada—. ¡Nos dan la razón en todo! Desestiman el recurso, confirman en todo la sentencia del juzgado. Hemos ganado, Mavi, ¡hemos ganado por goleada! —Vuelve a haber un silencio, más largo este. Tras el cual, la abogada pregunta—: ¡Mavi! ¿Mavi...? ¿Se ha cortado? ¿Mavi, estás ahí? ¿Oye?

—Sí, sigo aquí.

—¿Y qué te pasa? ¿No te alegras?

—Sí, claro...

—Pues ya lo celebraremos; porque esto hay que celebrarlo como se merece. ¿O no? ¿Qué se pensaba él? ¿Que le iban a dar todo lo que pedía?

—Sí, Maite, claro que sí, esto hay que celebrarlo...

—Pero..., Mavi, te noto rara. ¿De verdad te alegras? A ver si ahora te va a dar pena de Agustín, con todo lo que te ha hecho...

—¿Pena? ¡No digas tonterías! No es pena... No sé... Me he quedado un poco así...

—¿Así? ¿Cómo así?

—Bueno, déjalo, no es nada... Gracias por todo, Maite. De verdad, te estoy muy agradecida; eres muy buena abogada, ¡enhorabuena! Y gracias, muchas gracias...

—Bien, Mavi, ahora mismo te escaneo lo principal de la sentencia y te lo envío por correo electrónico para que lo puedas leer.

—Gracias, muchas gracias, Maite. Envíamelo.

* * *

De: María Teresa Tello Gálvez «maitetelloabo2002@gmail.com»

Fecha: 27/07/2013 22.10

Para: Mavi de la Vega «mavivega@artebook.org»

Hola, Mavi, como hemos quedado en la conversación telefónica, te envío la sentencia. Te copio solo el fallo de la primera sentencia y la resolución de la Audiencia Provincial, que es lo que interesa. Lo demás ya lo leerás cuando vengas a Cáceres. Una vez más, enhorabuena. Abrazos. Maite.

Fallo:

... debo estimar y estimo parcialmente la demanda interpuesta por doña María Visitación de la Vega Montellano contra don Agustín Medina González, desestimando la petición reconvencional de este último, declarando el divorcio del matrimonio formado entre ambos, con todos los efectos inherentes a la misma, que se regirá por las siguientes medidas:

1ª. Se otorga a la madre la guarda y custodia de la hija menor común, Marta, con un derecho de visitas en favor del padre de fines de semana alternos entre la salida del instituto del viernes hasta la entrada al mismo en los lunes o hasta las veinte horas del domingo, en ausencia de aquel. También permanecerá con el padre todos los miércoles entre la salida del instituto o las dieciocho horas y las veinte horas y solo los miércoles con igual horario. Las vacaciones escolares se distribuirán por mitad, debiendo las de verano asignarse por quincenas. En caso de falta de acuerdo, la primera parte corresponderá al padre los años impares y la segunda los pares. Los puentes se unirán al fin de semana al que corresponda la estancia más próxima y el resto de las festividades se distribuirán alternativamente, entendiéndose, a falta de acuerdo, que la primera la disfrutó el padre.

2ª. Se atribuye a la esposa demandante y a la hija común, Marta, el uso de la vivienda conyugal sita en Cáceres, avenida del Monte, 47, A y B, así como el ajuar familiar, pudiendo retirar el esposo, previo inventario, sus enseres de uso personal en el plazo de diez días si no lo hubiere ya efectuado.

3ª. Se fija en trescientos euros mensuales la cantidad que, dentro de los cinco primeros días de cada mes, deberá satisfacer el demandado a la esposa, en la cuenta bancaria que por esta se determine, en concepto de alimentos en favor de la hija menor común, cantidad que se actualizará automáticamente cada año con arreglo a las variaciones de los índices de precios en relación al consumo publicados por el organismo nacional competente. Los gastos extraordinarios, en caso de producirse, serán a cargo de ambos progenitores por la mitad.

La Sección Primera de la Audiencia Provincial de Cáceres resuelve como sigue:

Fallamos:

En atención a todo lo expuesto, la Sección Primera de la Audiencia Provincial de Cáceres, en nombre de su majestad el rey

Primero. Desestimar el recurso de apelación interpuesto por el demandado contra la sentencia dictada por el juzgado de primera instancia número 2 de Cáceres el día 2 de mayo de 2012.

Segundo. Confirmar la citada sentencia.

Tercero. No hacer expresa imposición de las costas de la alzada.

CINCO

—¡Es una putada! —ruge Agustín, rojo de cólera—. ¡Es injusto, completamente injusto! ¡Y tú lo sabes!

Deambula furioso por el despacho de su abogado, Ángel Ruiz, que está sentado y acaba de soltar encima de su mesa la sentencia de la Audiencia Provincial después de leerle el fallo.

—Esto es lo que hay —contesta el abogado con cara de circunstancia—. Las cosas están así; no nos dan la razón en nada... Sabes que lo he intentado, que mi escrito estaba fundamentado... ¡Más no he podido hacer!

—¡Una mierda! ¡Eso es una puta mierda! ¿Cómo que tengo que pagar? ¡¿Pagar yo?! ¡¿Encima?! ¡De ninguna manera! ¡Es injusto! ¡Es una putada! A ver, explícamelo bien, porque no lo entiendo.

Ángel Ruiz suspira, le mira juicioso y responde:

—Los jueces no ven claro que tu situación económica haya empeorado después del divorcio en relación a la de tu mujer. No consideran que se cumpla el presupuesto fáctico que exige el artículo 97 del Código Civil...

—¿Eh...? ¿El presupuesto qué...? ¡Coño, Ángel, háblame claro! ¡No soy abogado! ¡No me entero!

—Por favor, ¡ten paciencia! Déjame que te lea el punto quinto de la sentencia y luego te lo explico.

El abogado se pone las gafas de cerca y lee:

Quinto. El presupuesto fáctico para el nacimiento de la pensión compensatoria, tal como expresa el artículo 97 del Código Civil, es el desequilibrio económico que para uno de los cónyuges pueda significar la separación o el divorcio en relación con la posición del otro. Es decir, que el divorcio en cuestión implique un empeoramiento en su situación anterior en el matrimonio. El fundamento de la pensión compensatoria descansa pues en el equilibrio que debe subsistir entre los cónyuges en los casos de ruptura matrimonial, de forma que ninguno de ellos se vea afectado, desde un punto de vista material, en el estatus que mantenía al tiempo de la convivencia. Es decir, que dentro de lo posible, cada uno pueda seguir viviendo a un nivel económico equivalente al que tenía antes de la separación o el divorcio. Aunque, tal y como viene recogiéndose en reiteradas resoluciones de nuestra Ilustrísima Audiencia Provincial, no se trata de establecer una igualdad matemática. Y en el caso presente no resulta desequilibrio, porque la relación rota no ha impedido el desarrollo profesional de ninguna de las partes, debiendo desestimarse pues la pretensión reconvencional planteada con dicho objeto.

—¡Cómo que no resulta desequilibrio! —replica Agustín amargado—. Me quedo sin casa, sin el estudio donde trabajo, sin coche... ¡y encima tengo que pagar trescientos euros todos los meses! Me he tenido que alquilar un apartamento pequeño y cutre en el quinto coño... ¡Ángel, por el amor de Dios! ¿Eso no es desequilibrio?

—No lo consideran, lo siento. Es difícil de entender, pero lo fundamentan con jurisprudencia.

—¿Y eso qué es? ¡Coño, Ángel, los abogados sois la leche! ¡Háblame claro!

—Jurisprudencia es lo que han resuelto anteriormente los jueces en casos similares; o sea, lo que el Tribunal Supremo ha fallado en situaciones como la tuya. Mira lo que se dice aquí:

En el presente supuesto, en contra de la tesis del recurrente, no se ha probado que la diferencia de ingresos entre los cónyuges traiga causa directa del sacrificio asumido por el marido durante el matrimonio por su mayor dedicación a la familia y en concreto por el cuidado de la hija menor común, Marta, ni que este sacrificio se encuentre también en relación directa con el progresivo incremento de los ingresos de la esposa por su trabajo como jueza primero y como escritora después, durante el tiempo que duró el matrimonio (exclusión hecha de los ingresos o rendimientos derivados de bienes y derechos de los que ya disfrutaba antes del matrimonio y que tienen que ver con su superior estatus social y familiar). Porque, en el presente caso, don Agustín Medina, el solicitante, tiene suficiente cualificación y aptitud profesional para llevar una vida independiente desde el punto de vista económico, por ser aparejador de profesión, en ejercicio. Además, el solicitante es todavía una persona joven (cincuenta años en el momento de la ruptura) que en ningún momento ha esgrimido (ni han sido acreditados) problemas de salud que le impidan continuar la misma actividad profesional que, según dijo el juzgado, vino desempeñando sin mayor problema durante el tiempo de duración del matrimonio, ni se ha declarado probado que la relación matrimonial se convirtiera en obstáculo para el desarrollo profesional del marido, como no lo fue para la esposa, ni que fuera motivo de pérdida de derechos económicos o expectativas que de no mediar dicho vínculo pudiera haber obtenido.

Por tanto, cabe considerar como razonable que el matrimonio no supuso una rémora para ninguno de los esposos y la situación de cada uno al término de su relación más tenía que ver con los méritos, capacidades y aptitudes individuales o con factores ajenos o preexistentes (la procedencia socio-familiar de la esposa y su exitosa carrera como escritora de novelas) que con el sacrificio o pérdida que uno de ellos hubiera tenido que asumir en beneficio del otro. Es por esta razón que resulta de plena aplicación la doctrina que alude a que la simple desigualdad económica, cuando no es consecuencia de la mayor dedicación a la familia de uno de los esposos, no determina un automático derecho de compensación por vía del artículo 97 del Código Civil y a que el principio de dignidad contenido en el artículo 10 de la Constitución española debe servir de argumento para justificar la independencia económica de los cónyuges una vez extinguido el matrimonio, salvo los casos previstos en el ya citado artículo 97 del Código Civil. En estos parámetros se asienta la jurisprudencia más recurrente, especialmente la sentencia del Tribunal Supremo 749/2012 (Sala 1) de 4 de diciembre.

—O sea, Agustín —concluye diciendo el abogado—, que los jueces consideran que...

—¡Lo he comprendido! —salta él con exasperación e ironía amarga—. Que soy un vago; que lo que quiero es vivir a costa de mi exmujer... ¡En fin, que tengo edad y capacidad para trabajar! Pero... ¡Me cago en...! ¡Si no hay trabajo para los aparejadores! ¿En qué mundo viven esos jueces? Yo me he sacrificado por la familia, Ángel, tú lo sabes. ¡Soy un amo de casa! ¡Coño, eso es lo que soy, un puto amo de casa! Mientras que ella... ¿Qué ha hecho ella estos últimos años? Darse a la fama, a viajar, a vivir en Madrid...

—Eso no cuenta. El hogar familiar es la casa de Cáceres. El apartamento alquilado en Madrid por tu exmujer es provisional... Ella es la madre y las cosas están así...

—¡Y una mierda! ¡Es injusto! ¡Tú sabes que es injusto! ¡Recurre! ¡Recurre ante el Supremo o ante quien corresponda ahora!

El abogado se le queda mirando, agita la cabeza y contesta:

—Te costará el dinero y no sacarás nada. Ya has visto lo que ha resuelto el Supremo en casos semejantes al tuyo: no estima la desigualdad cuando ambos están en edad para trabajar, en activo y con cualificación profesional... Recurrir es absurdo; una pérdida de tiempo y dinero.

—¡Me da igual! Eres mi abogado y debes hacer lo que yo te pido. ¡Recurre la sentencia!

Ángel Ruiz sigue mirándole, reflexivo, en silencio.

—Está bien, recurriremos —dice finalmente, en tono condescendiente—. Revisaré todo de nuevo; lo estudiaré a fondo, a ver qué se puede añadir... Pero ya desde este momento te digo que la cosa está negra... Te lo advierto, podemos volver a perder el pleito.

—¡No se perderá! Tengo la razón y me la acabarán dando... Además, siento que debo incordiarla... ¿Qué quieres, que la deje así, irse de rositas con todo? ¡Hija de...!

—¡Agustín, por favor! El odio aquí no es un buen consejero...

—No, no la voy a dejar en paz, Ángel, me cueste lo que me cueste... —añade él, clavando en su abogado una mirada furibunda—. ¡Le pienso amargar la vida! ¡No te jode! ¿No me la está amargando ella a mí? ¡Pedazo de...!

—¡Ya basta, Agustín! ¡Déjalo ya!

SEIS

De: Ángel Ruiz Mata «aruizabogado@hotmail.com»
Fecha: 29/07/2013 11.20
Para: Margarita Morales Balsera «margamoba@gmail.com»

Querida Marga,

Después de nuestra larga conversación de ayer, y de haberme puesto de nuevo en contacto con mi cliente y amigo Agustín Medina González, definitivamente, he decidido que intervengas en el caso en calidad de abogada-mediadora.

Como te decía, si bien Agustín estaba cerrado en banda al principio y deseaba a toda costa que persistiese recurriendo en las siguientes instancias, al fin he logrado convencerle de la inutilidad de empeñarse en proseguir judicialmente en su caso, cuando la jurisprudencia más recurrente (especialmente la sentencia del Tribunal Supremo 749/2012, Sala 1, de 4 de diciembre) resulta taxativa en circunstancias semejantes a la suya. Estoy seguro de que perderemos todos los juicios. Y así se lo he manifestado una y otra vez.

Por eso, incluso una vez judicializado el conflicto, estimo que este puede ser gestionado a través de un proceso de mediación. Aquí entras tú, Marga, como abogada-mediadora de familia.

Ayer me decías que, incluso tras la adopción de una resolución judicial, podemos acudir a un proceso de mediación. También yo considero que no hay mejor acuerdo que el consensuado por las partes. Eso es lo que pretendemos, la solución, nada más que eso, intentar la solución. Como abogados, nos debemos al bien y a la justicia real.

Agustín Medina está en una actitud bastante exaltada. Ya te conté las tonterías que ha hecho y te hice partícipe de mis temores en este sentido. Él se considera agraviado y víctima de una injusticia. Y en lo que respecta al fallo de la última sentencia no le falta razón.

Ya te puse en antecedentes sobre el asunto. Pero te recuerdo lo esencial:

1. Tras veinticinco años de matrimonio, en noviembre de 2012, doña María Visitación de la Vega formuló demanda de divorcio contencioso contra su marido, don Agustín, quien mediante reconvención solicitó el establecimiento a su favor de una pensión compensatoria por importe de dos mil euros mensuales. El marido, de cincuenta años de edad, fundó esta pretensión en el desequili-

brio causado por la ruptura con respecto a la situación económica de la que disfrutaba durante el matrimonio, pues prácticamente carecía de ingresos (alegó que se quedó en desempleo el año 2009, con motivo de la crisis en la construcción, al ser despedido de la empresa promotora en la que ejercía su profesión de aparejador, y que, a causa de la crisis en este sector, apenas tenía trabajo ejerciendo por su cuenta). Mientras que su esposa, además de disfrutar del alto nivel de vida que podía permitirse por proceder de una adinerada familia, su profesión de jueza en ejercicio primeramente y, tras la excedencia, su éxito como escritora le proporcionaban importantes ganancias por los derechos de autor; y que para ello, se había podido beneficiar de la dedicación del marido a la familia y al cuidado de las dos hijas comunes, logrando así mejorar su expectativas y ganancias laborales.

2. La esposa se opuso a esta reclamación por considerarla improcedente, con fundamento en que ningún desequilibrio puede apreciarse en supuestos como el de autos; en que ambos cónyuges tienen ingresos por su trabajo, no debiéndose valorar a tales efectos el patrimonio familiar de la esposa ni sus capacidades creadoras como escritora. También negó tener más propiedades a su nombre que la vivienda en la que residía.

3. El juzgado declaró el divorcio y, en lo que aquí interesa, rechazó la pretensión de conceder al

esposo la pensión compensatoria solicitada por entender que la ruptura no había generado la situación de desequilibrio que constituye su presupuesto, habida cuenta que el cese de la convivencia no había sido obstáculo para que cada una de las partes continuara desarrollando su actividad profesional.

4. La Audiencia Provincial rechazó el recurso del marido y confirmó la sentencia apelada en su totalidad. Declarando que no ha lugar a apreciar desequilibrio en un supuesto en que se había probado la cualificación y las aptitudes profesionales del recurrente (y por ende, la posibilidad de obtener ingresos con los que superar esa situación), sin perjuicio de los altibajos ocasionales que resultan inherentes a su actividad de aparejador. En relación con su desempeño profesional, la sentencia también rechazó la petición de que se le asignara el uso del anexo de la vivienda familiar en la que tenía su estudio de aparejador, por tratarse de un espacio unido a aquella.

Como ves, querida Marga, la situación personal, familiar y económica de Agustín ha quedado perjudicada de manera importante. Según mi parecer, la resolución es injusta. Pero, repito, la jurisprudencia en este caso es clara.

Este asunto resulta ideal para intentar la mediación familiar. Lo considero éticamente necesario. En ese nuevo proceso eres tú quien debe intervenir, dada tu experiencia y tu preparación. La mediación es algo nuevo; no todo el mundo lo acepta todavía. Eso tú, como experta, lo sabes mejor que nadie. Por eso, te ruego que le entres con tacto a Agustín, sin abrumarle y planteándole la posibilidad discretamente. Bueno, ¿qué te voy a decir a ti sobre eso? Perdona, Marga, pues estoy seguro de que sabrás hacerlo muy bien, igual que en los anteriores casos que se te han planteado.

A partir de esta comunicación, puedes ponerte en contacto con mi cliente Agustín cuando te parezca oportuno para iniciar el proceso en lo que a él respecta. Dejo también en tus manos las oportunas negociaciones con la abogada de la esposa. Si necesitas alguna información, no dudes en pedírmela.

Un abrazo. Ángel Ruiz.

SIETE

—¿Aquí se puede fumar?

Marga acaba de entrar en el apartamento de Agustín, de manera impetuosa, con aquella visibilidad ostentosa tan suya, y permanece de pie con una inclinación de cabeza interrogadora.

—Hola, Marga —contesta Agustín, algo aturrullado por la repentina visita—. Por favor, siéntate.

—¿Se puede o no se puede fumar?

Ella lleva un vestido negro y un carmín muy rojo en los labios. Es alta y sus caderas, un poco anchas, le dan un aire voluptuoso; cabello claro, muy bien colocado, ojos oscuros y una expresión en ellos vagamente seductora a la vez que reservada.

—Claro, mujer, claro que puedes fumar. De hecho, yo también me echaré un cigarro.

—¿Tú? ¿No lo habías dejado? —pregunta ella mientras rebusca en su bolso.

—Pues ya ves; he vuelto a caer. Últimamente he estado algo nervioso y... En fin, ya sabes...

Ella se sienta. Saca el paquete de tabaco y, mientras le ofrece un cigarrillo, dice en tono amistoso:

—Comprendo. Cuando pasan estas cosas, todo se trastoca...

Agustín esquiva aquellos ojos un tanto compadecidos.

—Marga, son las diez —dice, echando una ojeada a su reloj—. ¿No habíamos quedado a las once?

—¡Ah! —exclama ella con una mueca de sorpresa—. ¿Las diez? —Mira su reloj—. ¿Las diez son?

—Sí, Marga, las diez en punto.

—¡Anda! Otra vez el dichoso cambio de horario...

—Marga, el horario lo cambiaron la semana pasada. Hoy es martes; hace ocho días ya. ¿Todavía no has cambiado el reloj?

—No, no lo he cambiado ni lo haré de momento —responde ella divertida—. Yo nunca cambio el horario el día que lo cambia todo el mundo. Lo hago luego, semanas después, o meses; cuando me da por ahí... —Ríe indolente—. Hace ya muchos años que no lo cambio, quizás quince o veinte; desde que... desde que me casé.

—¿Y por qué?

—Pues mira, Agustín, es muy práctico no hacerlo.

—¿Práctico? ¿Qué quieres decir?

Marga da una calada al cigarrillo y echa la cabeza hacia atrás, estirando el cuello delgado. Agustín observa la barbilla redondita y el mentón bien formado; una pequeña cruz de oro destella casi perdida en el escote.

—¿Has visto lo temprano que he llegado? —pregunta ella, después de expulsar el humo con elegancia.

—Sí, claro, una hora antes de lo previsto.

—He ahí lo práctico, querido. —Sonríe amplia-
mente, con un asomo pícaro en la mirada.

—No comprendo...

—¿Cómo que no lo comprendes? Pues es muy fácil de entender, Agustín. Cuando para ti son las diez,
para mí son las nueve; y cuando para ti son las diez, para
mí las once... ¿No te das cuenta? A las nueve, que son
las diez, ya estaba yo levantada, desayunada y arre-
glándome. Y aquí me tienes: a las once que son las diez.
A eso se le llama puntualidad; y la puntualidad es lo
que más me ha costado a mí en toda mi condenada
vida. ¡Ja, ja, ja...!

Agustín sonríe con prudencia, mientras fuma con
avidez. Por ahora le divierte ver a Marga y encuentra
placer escuchando sus inocentes explicaciones; aunque no puede evitar cierto recelo por la visita.

—Visto de esa manera...

—¿Eh? ¿Acaso no tengo razón? —contesta ella, in-
clinándose hacia delante con un enojo forzado—. Tú
prueba y ya verás, Agustín; comprobarás como va
mucho mejor no cambiar al principio el horario, como
todo el mundo. Es por puntualidad. La puntualidad
tiene su importancia... Yo antes no lo tenía en cuenta;
pero ahora, ahora mi vida ha cambiado un montón.

Se produce un silencio raro, en el que ambos se miran. De repente, parece que Agustín empieza a sentirse
incómodo, e incluso llega a preguntarse para sus adentros: ¿qué querrá esta ahora? Así que, antes de que la
conversación se alargue sin salir del tema de los relojes,
los horarios y la puntualidad, dice cumplidamente:

—Marga, me alegra mucho verte, de verdad. ¿Cuánto hace que tú y yo no nos veíamos?

—A ver... déjame pensar... Pues por lo menos dos años; desde tus bodas de plata.

—¿Tanto?

—Sí, tanto... Aunque seguro que ni siquiera te acuerdas de que estuve allí. —Ríe—. ¡Llevabas una cogorza!

Él ríe también, aunque forzadamente.

—Bueno, Marga, en tales casos... —dice con afectado orgullo—. Pero tampoco era una cogorza... Unas copas de más tenía, eso no lo negaré...

Ella continúa riéndose.

—¡Una cogorza, Agustín! Una verdadera cogorza... Pero... ¡si te echaste a llorar a moco tendido, delante de todo el mundo!

—¿Yo? ¿Yo me eché a llorar? —Lanza él una mirada de irritación, rojo de vergüenza—. No exageres, Marga, no exageres. Me emocioné, eso sí; pero llorar a moco tendido...

—¡A moco tendido! ¡Anda, hombre, no te dé vergüenza! ¿Qué hay de malo en eso? ¿A estas alturas te vas a abochornar por emocionarte y llorar el día de tus bodas de plata? Cuando proyectaron después de la cena aquel montaje de imágenes de toda vuestra vida, con la musiquita de fondo... ¡A moco tendido, Agustín! Igual que Mavi; también ella lloraba apurando copa tras copa de cava... ¡Como para no llorar! Bueno, confieso... confieso que yo también solté alguna lagrimita que otra... Es que la vida pasa tan deprisa...

Definitivamente, Agustín se siente incómodo. No tiene tanta confianza con ella como para que la conversación discurra por esos derroteros. Se remueve en la silla, enciende otro cigarrillo y adopta un tono serio.

—Bueno, Marga —dice—, la verdad es que no dispongo de mucho tiempo esta mañana. Tenía pensado ir a visitar a mis padres... No están demasiado bien de salud y debo ir con frecuencia al pueblo a verlos.

Ella también se pone seria.

—¿Te ha sentado mal lo que te he dicho? —pregunta algo compungida—. ¿Te has enfadado?

—¿Yo? ¿Por qué?

—Por haberte sacado lo de las bodas de plata. Seguro que no te lo esperabas. Comprendo que para ti debe resultar poco agradable a estas alturas.

Él finge indiferencia.

—Oh, no, nada de eso —contesta con voz molesta—. ¿Cómo me voy a enfadar por eso, mujer? No tiene importancia... Pero, ya te digo, tengo algo de prisa...

Marga le mira, no se cansa de examinarlo con aquellos ojos entre inocentes y atrevidos, pensativa.

—Ay, Agustín, Agustín, ¡no me vengas ahora con esas! —dice finalmente con brío—. ¿No habíamos quedado a las once?

—Sí, claro, a las once.

—Pues son las diez y veinte. Así que, si me esperabas a las once, ¿cómo me dices ahora que tienes prisa? Si pensabas dedicarme al menos una hora, todavía tenemos tiempo de sobra. ¿O no?

Él mira el reloj, confundido, vuelve a ponerse rojo.

—Bueno, Marga, yo... —contesta balbuciendo—. En fin, no sé qué decir...

—¿Ves lo importante que es la puntualidad, Agustín? ¿Te das cuenta de todo lo que hemos ganado gracias a que no cambio el horario de mi reloj? —pregunta ella, burlona, con voz temblorosa a causa de la risa—. Ahora resulta que disponemos de una hora más. Si no lo ves es porque no te da la gana.

Agustín hace un gesto de sorpresa mezclada con fastidio.

—Sí, Marga, comprendo. Pero, por favor, dejemos de una vez en paz el reloj. ¡El caso es que tengo prisa! Tengo prisa de verdad...

—Me quieres largar —afirma ella con socarronería—. Aquí no hay prisa que valga. Seamos sinceros: te estoy importunando. No te cortes. ¿Te molesta esta visita? ¿Me has recibido solamente porque te lo ha pedido Ángel Ruiz?

—¡Dios, Marga, no me apetece nada discutir! —exclama él, alzando los ojos al techo—. Por favor, créeme, ayer, cuando me llamaste para decirme que querías venir a visitarme a petición de mi abogado, te habría puesto cualquier excusa si no hubiera querido recibirte. Así que vayamos al grano de una vez: explícame de qué se trata. ¿En qué consiste eso de la intermediación?

Ella sonríe, conciliadora, sin dejar de mirarle con ojos escrutadores.

—No, Agustín, no se llama «intermediación», sino «mediación», y para ser más exactos, «mediación familiar» en este caso.

—Bueno, Marga, «mediación», eso me dijo Ángel Ruiz, es verdad... Pero, compréndeme, yo de cosas de abogados sé más bien poco... ¿Qué diantres es eso y para qué sirve?

Ella vuelve a sonreír, comprensiva.

—Agustín, tú y yo somos viejos amigos... —dice con afectada dulzura, apagando el cigarrillo—. Es posible que tú ya me veas como a alguien de otro tiempo; como a alguien que se siente del pasado... En fin, como a la gente que salía en aquellas fotos y vídeos antiguos que proyectaron el día de tus bodas de plata en una pantalla grande... Pero mi caso es diferente. Yo a ti, Agustín, no he dejado de tenerte mucho cariño, de sentirte como algo propio y cercano, a pesar del tiempo pasado, a pesar de que nuestras vidas han sido muy diferentes. Que Dios me perdone si he venido en momento inoportuno, si no esperabas que tu abogado me pidiera que viniera a proponerte esto... o si verdaderamente te estoy molestando. Pero no he venido por mí; no estoy aquí para pedirte nada, ni por recuperar nuestra amistad, ni por buscar compañía... Actúo por puro convencimiento, porque... porque estoy segura de que tengo algo muy importante que proponerte.

Ha expresado esto con calma y sin titubear. Él la ha escuchado con atención procurando retener sus palabras y, poniendo cuidado en limar las asperezas de su voz, le pide seguidamente:

—Pues dímelo de una vez. Soy todo oídos.

—Lo siento, no puedo decírtelo así, en cuatro palabras —responde ella, muy segura de sí y frunciendo el ceño—, aquí, como de sopetón. Es largo y complejo y requiere su tiempo, su lugar, su método... En fin, no es cosa que se pueda comunicar con estas prisas. —Él la examina con detenimiento, tratando de averiguar si disfruta ella con la intriga. No dice nada, sino que se queda a la espera, cauteloso y un tanto desconcertado. Entonces, en los labios de Marga aflora una sonrisilla maliciosa y añade—: Aunque... si es verdad que tienes poco tiempo y que debes ir al pueblo a ver a tus padres, podemos volver a vernos en otra ocasión.

Agustín suspira hondamente, con aire de conformidad. Mira el reloj, duda y carraspea.

—La verdad, Marga, me dejas completamente intrigado —acaba diciendo—. ¿No puedes explicarme al menos qué es eso de la mediación? ¿No puedes adelantarme algo? ¿A qué se refiere eso tan importante que vas a proponerme?

—¡Ah, si te digo eso, apaga y vámonos!

—¿Cómo que apaga y vámonos?

—Quiero decir que no te puedo contar todo así, con estas prisas. Así que, si quieres enterarte, tendremos que hacer las cosas como ya te he dicho: con su tiempo, su lugar, su método...

Él se queda pensativo. Se le ha despertado el interés, pero a la vez recela y empieza a sospechar que todo aquello es un enredo sin sentido, fruto posiblemente del empeño de su abogado en hacerle recapacitar para que no vuelva a hacer una locura. Y además, para él, Marga siempre fue una mujer un tanto peculiar...

—Si acaso —prosigue ella—, únicamente te puedo decir como anticipo que, si me escuchas, te alegrarás, te alegrarás toda tu vida. Así que ¡ojalá me hagas caso, Agustín! Por tu bien, por tu propio bien...

Ha hablado con un enigmático brillo en los ojos, pero con un aplomo, una seguridad que le hacen resultar del todo convincente. Agustín ha escuchado estas últimas palabras sin moverse, serio, circunspecto; pero, de repente, resopla, menea la cabeza y dice con una sonrisa escéptica:

—Marga, me estás pareciendo una de esas pitonisas que están tan de moda. Con tanto misterio, con tanto secreto...

—Que te parezca lo que quieras que te parezca —contesta ella con tranquilidad—. Aquí hay, la verdad sea dicha, algo de misterio... ¡Y dónde no hay misterio! La vida es a veces tan rara, tan incomprensible que se convierte en puro misterio... Porque, a ver, Agustín, ¿acaso entiendes tú todo lo que te ha pasado en la vida?

—Hombre, todo, todo... Todo no, Marga, la verdad. Hay cosas que se me escapan. ¿Y a quién no? Pero, por lo demás, siempre hay una cierta lógica en lo que nos sucede...

—¡Que te crees tú eso! Una de las cosas más importantes que nos pasan es el amor. ¿O no, Agustín? ¿Y tiene lógica el amor? No, ninguna lógica. Porque el amor tiene mucho que ver con otras dos cosas que también son un misterio: la casualidad y el tiempo. He ahí la falta de lógica, Agustín; he ahí lo que menos se comprende, pero se sufre, lo que puede llegar a ser un tormento. Y esas cosas, a veces, no se pueden resolver plenamente delante de un juez, entre papeles, frías declaraciones, testigos... ¿Comprendes lo que quiero decirte? —Él la mira, permaneciendo pensativo. En su semblante hay un asomo de duda y perplejidad. Su silencio hace que Marga prosiga, como iluminada y animada al ver que él se va relajando y disponiendo para la escucha—: Efectivamente, es un misterio, Agustín. ¡Un misterio grandísimo! La cuestión es: ¿por qué de repente y por pura casualidad entran personas en nuestra vida? ¿Por qué se apoderan de nuestro ser, nos arrebatan del presente y nos hacen pensar solo en ellas? En resumen, nos enamoramos, todos nos enamoramos... Y cuando nos enamoramos nada más se ve, excepto el amor... ¡Y se hacen incluso locuras!

Él se deja caer en el asiento y lanza un suspiro que puede interpretarse como de fastidio; y seguidamente le asalta la angustia: ¡ahora un sermón!, una moralina, tal vez una reconvención femenina... Pero la contrariedad le dura solo un instante, porque pasa a convertirse en estupor cuando Marga se queda callada, sus ojos adquieren un brillo de lágrimas y sus labios se contraen como signo de gran aflicción.

En ese momento, Agustín acaba de caer en la cuenta de algo que, siendo muy importante, le ha pasado desapercibido desde que Marga entró en su casa, aunque lo sabía: ella se quedó viuda hace dos años.

—Bueno, bueno, Marga... —murmura, en tono compresivo, consolativo—. Siento mucho lo que te pasó, de verdad, lo siento... —Lo inesperado de la visita, la incomodidad inicial de la conversación o el simple despiste han obviado el dato y algunas palabras de obligada condolencia. Así que él, conmovido y con algo de remordimiento, añade—: Marga, me enteré tarde y no pude ir al entierro... Compréndeme, por favor; por aquel tiempo yo también tuve muchos problemas...

—No te preocupes, lo comprendo. ¿Cómo no lo iba a comprender?

Su mirada de mujer afligida hace olvidar a Agustín su fastidio y el hecho de haber supuesto que ella venía como una histérica a sermonearle con admoniciones inoportunas, tópicos y retóricas sentimentales. Brota entonces en él una elemental compasión.

—Marga, si has venido a hablar de ello... —se ve obligado a decirle—, si necesitas hablar, aquí me tienes.

Ella mira su reloj, son ya más de las once. Abre los ojos con sorpresa y preocupación.

—¡Tus padres, Agustín! —exclama—. ¿A qué hora tenías pensado salir para el pueblo?

Él sonríe con desánimo. Comienza a sentirse más relajado, con una resignación que le lleva a decir con sinceridad:

—Marga, perdóname, te he mentido... No pensaba ir a ver a mis padres. Pero no tenía muchas ganas de hablar... Compréndeme. Últimamente he estado algo deprimido y no me apetece ver a nadie... No es por ti, créeme. Me pasa con todo el mundo... Cuando mi abogado me pidió que me entrevistara contigo, no lo vi de momento nada claro.

Ella sonríe tristemente.

—¡Sí, hombre, lo comprendo! —afirma, alargando la mano—. ¡Choca esos cinco! Claro, claro que lo comprendo... Si no quieres hablar, lo dejamos y en paz. Por mí no te preocupes, ya te lo he dicho. Ángel Ruiz ha hecho lo que debía hacer como abogado: buscar la mejor solución para todo lo que te está pasando.

Mientras le aprieta la mano, Agustín tiene que hacer un gran esfuerzo para decir de manera convincente:

—¡No, no te vayas! Por favor, hablemos. Tú lo has recordado antes: somos amigos, ¿no? ¿Y para qué están los amigos? Hace años que no hablamos tú y yo, y estoy completamente seguro de que hoy es el día... ¿Quieres que comamos juntos? Así podrás explicarme con detenimiento qué es eso de la intermediación.

—«Mediación», Agustín, «mediación»... —contesta ella, riendo—. Por supuesto que quiero comer contigo. Pero con la condición de que me dejes pagar a mí.

OCHO

El almuerzo consistió en unas raciones compartidas y botella y media de vino, en un restaurante de carretera situado a las afueras de la ciudad, lejos de los lugares del centro, abarrotados, donde seguramente alguien les habría interrumpido para saludarles o tal vez para quedarse con ellos. Después de comer, se sentaron fuera, junto a una mesa hecha de mimbre, bajo una enorme sombrilla, y pidieron unas copas mientras contemplaban las encinas, las sierras cercanas y el paisaje de finales del verano, además del paso de los automóviles. Durante un largo rato estuvieron hablando de cosas sin importancia, como habían hecho mientras estaban dentro, al mismo tiempo que fumaban y bebían, sintiendo ambos esa sensación, esa soltura vaporosa, en la que se empieza a prescindir de inhibiciones y parece que la amistad es más estrecha, aunque no lo fuera antes de ese momento. Marga se manifestaba cada vez más animada, más conversadora. No es que Agustín estuviese retraído, sino que ella le llevaba la delantera en los temas que iban saliendo, y pronto aquello se fue convirtiendo en un monólogo.

Y no obstante, él no se aburría ni experimentaba ya el mínimo fastidio. Por el contrario, iba descubriendo en Marga, de una forma indefinida, un algo admirable. Al igual que en sus vivos ojos, advertía en su descontrol una ternura genuina, cálida, que convertía en irrelevante el fondo de su discurso. Era como si se hubiese liberado algo precioso: un aura clara y encantadora que consiguió atraerle hacia una cueva de confidencias femeninas que no le resultaba tediosa y en la que, con una lógica sorprendente, cada pieza encajaba en su sitio.

Pero inesperadamente ella se queda callada durante un instante, mirándole, examinándole, y luego pregunta con una sonrisa:

—¿Te aburro?

—Oh, no, no, de verdad que no.

—Entonces, ¿quieres que por fin hablemos de lo que teníamos que hablar?

—¿Eh? Bueno, Marga, estamos hablando, ¿no? Se está bien aquí y, sinceramente, me alegro de haber venido. Claro que quiero que me cuentes eso... Has conseguido intrigarme...

—¿De verdad?

—Sí, de verdad. Tengo curiosidad. Así que, por favor, empieza de una vez.

Ella enciende un cigarrillo, tal vez con el fin de concederse algo de tiempo para pensar en la manera de empezar. Fuma en silencio, dirigiendo su vista hacia la lejanía del paisaje. Luego suspira, a la vez que suelta el humo.

—Todo es mucho menos simple de lo que me gustaría que fuese... —admite—. Que yo quería a mi marido, que le conocía mejor que nadie, que aparte de haber estado casada con él era mi mejor amigo, mi más íntimo compañero y confidente... Son hechos verdaderos, evidencias que reconozco, y que ya nada puede siquiera minimizar... Pero no es más que la base, el fundamento de la pena que a veces siento, en mi esfuerzo por recordar cómo fueron realmente las cosas. Porque también me sucede que una parte de mí siente que él era en cierto modo un desconocido y que durante un tiempo oscuro no quedaba rastro del hombre que yo había amado... Y siempre me asaltó una pregunta: ¿me había amado él?

A Agustín le sorprende y hasta le conturba que ella se pregunte aquello con tanta nostalgia, e incluso el mismo hecho de que, en realidad, se lo pregunte, sobre todo porque conoce la respuesta, gracias a la propia vida del marido de Marga, Julián Contreras, alguien cuya fama de hombre despreocupado y un tanto frívolo no le habían hecho precisamente ser popular. No lo fue en sus tiempos de empresario, ni en la política, a la que se dedicó con denuedo hasta el último día de su vida. Es verdad que Julián Contreras, a pesar de su mal carácter, sus estallidos de cólera y sus conocidas broncas, fue siempre fiel a sus amigos, por más que muchos de ellos no hubieran sido del todo leales con él; y también sabía todo el mundo que cuando daba su palabra la cumplía hasta el final, por encima de todo y aun en daño propio; y, sin embargo, a su mujer, a Marga, nunca le guardó fidelidad. La engañaba a ojos vista y, a pesar de ello, el matrimonio duró mucho más de lo que nadie podía esperarse. Porque Julián Contreras, desde luego, amaba a Marga y la había unido a su reino particular exterior, a su afición a las monterías, a los restaurantes, a los viajes, a sus amistades e incluso al complicado mundo de la política. No era pues ella una de esas mujeres engañadas, metidas en casa, aguantándose, el clásico cliché más propio de otras épocas. También Marga tenía su miga... Y seguramente, en su momento, fue esa miga que ambos tenían lo que les había unido; ya que ella, a quien durante años le dio igual una cosa que otra, suscitar o no simpatías o antipatías, amaba a Julián y durante mucho tiempo toleró sus veleidades y su temperamento levantisco. También —todo sea dicho— porque Marga se permitía sus propios caprichos; y fiel, lo que dice fiel, tampoco lo fue a su marido, ya fuera por despecho o por auténtico deseo.

Se casaron tarde, con los cuarenta cumplidos él, y cerca de cumplirlos ella; después de una larga serie de encuentros, desencuentros y hasta encontronazos, con sonadas peleas en público y reconciliaciones en privado que luego eran exhibidas durante días, efusivamente, con evidencia de salidas juntos a fiestas, a comidas, a cacerías, a actos políticos... La vida de aquella pareja era tan selecta por un lado y tan desigual por el otro que parecía estar ideada para regocijo de los aficionados al cotilleo. Aunque ninguno de los dos se preocupó nunca a este respecto; más bien parecía en cambio que gozaban con cierto exhibicionismo sentimental. No luchaban para dejar de ser impopulares, sino que simplemente no se esforzaron lo más mínimo ni sintieron de una forma visible que agradar a los demás fuera importante. Lo cual, en una apreciación demasiado superficial, hacía pensar a cualquiera que eran unos grandes egoístas. Motivo por el que, ahora, a Agustín le sorprende e incluso le conturba que Marga se plantee a estas alturas, con tanta nostalgia, aquella pregunta: «¿Me había amado él?».

—Ya sé —prosigue ella, como si estuviera adivinando el pensamiento de quien la escucha y quisiera anticiparse a cualquier cosa que se le ocurriera decir—... Ya sé lo que se decía por ahí de nosotros... Y no me extraña. En serio, no me extraña nada. Porque no voy a negar que teníamos nuestras cosas... ¿Pero quién puede saber lo que había entre nosotros de verdad? ¿Quién puede entenderlo? Si no lo entiendo ni yo misma... Y no estoy muy segura de que Julián lo entendiese... No, él no lo entendía... Julián sabía de muchas cosas: de política, de mundología, de vinos, de viajes... Pero ¡qué poco sabía de mi vida! ¿Y del amor? Del amor, nada de nada...

»Fíjate, con todo lo que le gustaban las mujeres, y de eso soy testigo, no tenía detalles. Jamás se le ocurrió traerme un regalo, un simple ramo de flores; ni le salía del cuerpo decirme cosas bonitas, esas cosas tan tontas: te quiero, mi vida... ¡Esas boberías de enamorados! Se le olvidaban siempre las fechas: los cumpleaños, los aniversarios, los recuerdos importantes de nuestra relación... ¡Y para el teléfono...! Para el teléfono era un auténtico desastre: ni llamaba ni lo cogía... No, Julián no sabía cuidar esas cosas que parecen minucias, pero que tan importantes son para el otro... En fin, esas cosas que yo consideraba tan importantes...

»Ahora, después de mucho pensar en ello, después de meditar, me doy cuenta de que esas naderías, o mejor, esa falta de detalles, fueron como un óxido, una carcoma que nos fue minando y que fue la raíz de muchos problemas entre nosotros... Pero también ahora, igualmente después de recordar y poner cada cosa en su sitio, reparo en que, en realidad, Julián no entendía de esos asuntos; no entendía nada de nada esas pequeñas cosas... Porque nadie se las enseñó en su momento. Él no se crio en ese ambiente, en esos mimos, en esas delicadezas. Él venía de gente montuna, brusca, elemental...; gente incapaz de expresar sus sentimientos, porque es probable que a ellos no se las enseñaran tampoco a su tiempo...

»¿Te das cuenta, Agustín? He ahí la importancia de pensar, de recapacitar, de medir y domar algunos sentimientos, cuando todavía se puede, cuando las cosas tienen remedio... Lo que no hicimos nosotros, Julián y yo, sino todo lo contrario: voces, peleas, insultos, recriminaciones... ¡Todo a lo bestia! Siempre entre el amor y el odio, siempre en la frontera, siempre en el límite, siempre al borde del precipicio... Hasta que un día, tal vez cuando no lo esperabas, te caes al vacío, y ya no puedes volverte atrás, porque la cosa ya no tiene posible arreglo...

Estas palabras últimas las ha dicho agudizando la voz y con mayor dureza de expresión. Después se queda en suspenso, como meditabunda y agotada. Enciende un cigarrillo y, entre calada y calada, apura el poco ron con cola que le queda en el vaso. Su cara vuelve entonces a recuperar la exuberancia que tenía al principio de la conversación.

Y Agustín comprende que el discurso ha terminado. No sabe cuánto ha durado. Porque solo en ese momento, después de haber cesado las explicaciones, la nostalgia y las reflexiones, se da cuenta de que están sentados en la oscuridad. Al parecer ha transcurrido toda la tarde... En algún momento, durante el monólogo de Marga, el sol se fue poniendo tras los montes, pero Agustín no fue consciente de ello. Ahora nota la oscuridad y el silencio, solo roto por algún automóvil que pasa por la carretera con los faros encendidos. Aparte de eso, no hay ningún otro sonido, y empieza a hacer algo de fresco... Pasan de esta manera varios minutos; en los que piensa que es él quien debe ahora decir algo. Pero no logra decidir qué debe hacer. Se le ocurren varias posibilidades, pero las va desechando a continuación una por una. Hasta que, al fin, llevado por un arrebato de franqueza, pregunta:

—Marga, por favor, dime la verdad, ¿por qué me has contado todo esto?

Ella suspira, sonríe y responde:

—Porque debía contártelo.

Él frunce el ceño con contrariedad.

—¡Venga ya! —le espeta entre dientes.

—Es la verdad, Agustín, debía decírtelo.

—Sí, pero... ¿por qué?

A ella no se le escapa su turbación y su sorpresa.

—Siento que debía contártelo para hacerte recapacitar —contesta de nuevo, con voz grave, pero suavizada un poco por una mirada amistosa, dulce.

—¿Recapacitar? ¿Yo? ¿Qué quieres decir?

Marga lee el interés en sus ojos.

—Agustín, ¿tú sabes respetar la confidencialidad en la profesión? —pregunta—. Como aparejador, no todo lo puedes contar... Habrá encargos que guardas en secreto para no frustrar los planes de construcción... ¿O no?

—Claro, mujer.

—Pues yo debo decirte que en todo esto hay una parte de secreto profesional. Yo soy abogada y también me debo a la ética de mi profesión. Lo que voy a proponerte es un proceso nuevo que te explicaré con detenimiento y en el cual tú tendrás tu parte, tu tarea, tus obligaciones, como yo tendré las mías... Pero no debes actuar por tu cuenta. Se acabaron las locuras, Agustín... Si aceptas este proceso, deberás guiarte en todo por mis indicaciones y no crear problemas.

Agustín se echa a reír.

—¡Cuánto misterio! ¡Y cuánta tontería! —replica desdeñosamente.

Marga alza los ojos hacia su cara sombría y, tratando de disimular su disgusto, le dice con dulzura:

—Agustín, yo solamente te daré un consejo: recuerda, haz memoria, pon cada cosa en su sitio, empieza desde el principio, desde la base, desde el origen...

Él le lanza una mirada preñada de sentido. Empieza a comprender y a sentirse molesto.

—¿Yo? Ella es quien debe hacer memoria, poner cada cosa en su sitio, recapacitar... —murmura—. ¡Ella! Con tanto misterio, no quisiera imaginar que Ángel Ruiz te manda para crearme remordimientos, para que me crea el malo de esta película... Pero quiero que sepas que yo he sufrido mucho con todo esto, mucho...

Marga se da cuenta de que él está muy irritado y que ya no trata de disimularlo... Opta por callar y dejar que se desahogue.

—Supongo que has venido por lo que hice... —prosigue él con amargura—. Mi abogado te manda a hacerme recapacitar porque dejé en bolas a Mavi en el pantano con ese tío... Y si se trata de ser sincero, fue una barbaridad, ¡una locura!, dejarles en pelotas tirados allí... ¡Y bien que lo he pagado! Estoy procesado y he pasado la mayor vergüenza de mi vida, además de sufrir una noche horrible en el calabozo... Y lo peor fue ver como mi hija me miraba: ¡como si su padre fuera un salvaje!

El agradable rostro de Marga se entristece.

—Qué menos, Agustín, qué menos... —asiente.

Él hace un movimiento con intención de levantarse.

—Sí, ¡qué menos! —replica—. ¿Pero quién se pone en mi pellejo? ¿Quién sabe lo que estoy pasando? Me he quedado sin casa, sin coche, sin hijas, sin despacho... ¡Sin mi mujer! Porque... yo la quería, Marga, yo la quería... No sé cómo querías tú a Julián, pero yo a Mavi la he amado mucho...

—Lo sé —afirma comprensivamente Marga, poniéndose en pie—. Y seguro que ella también te amó mucho... Ese es el problema, Agustín, que en esto no hay medidas... Es una cosa que está fuera del espacio... y también del tiempo. ¿Te acuerdas de lo que te decía esta mañana? Todo esto es tan complejo que requiere su lugar, su método y su tiempo; sobre todo eso: su tiempo... ¡Ojalá me hagas caso, Agustín! Haz un esfuerzo, mañana mismo; haz un esfuerzo para recordar y déjate sumergir en ese misterio: la casualidad y el tiempo... Confía en tu abogado... Y también en mí... ¡Confía en nosotros!

Segunda parte

Cuando todo cambia

Uno

Dos años antes

Aquella mañana salieron fotos de Mavi en la sección de cultura de diversos periódicos de ámbito nacional. Las noticias tenían que ver con la publicación de su última novela, tal como revelaban los titulares:

Laura White desvela el misterio de la relación entre el narcotráfico y las sectas satánicas (*ABC*).
Una novela identifica droga y satanismo (*La Razón*).
La escritora y exjueza Laura White presenta su último libro sobre la diabólica influencia de la cocaína (*El Mundo*).
Una novela identifica narcotráfico y brujería (*El Periódico de Cataluña*).

La foto más favorecedora aparecía en la revista *Tiempo*: Mavi, de pie y mostrando el libro, situada delante de las dependencias de la Audiencia Nacional;

a sus espaldas, la puerta principal de la entrada, con el letrero en letras doradas y un policía haciendo guardia. En ese sitio, incluso su forma de vestir, tan formal (traje de chaqueta oscuro, medias negras y, como único adorno, un pañuelo azul anudado al cuello), hacía pensar que se trataba de una investigadora seria y convincente: las gafas sujetas con un cordón colgando sobre el pecho, el pelo algo revuelto y una mirada entre fatigada e interesante. El pie de la foto decía: «Laura White, de cuarenta y siete años, jueza excedente y escritora de novela negra, ha pasado meses investigando entre centenares de expedientes policiales y judiciales para sacar a la luz un asunto absolutamente real y a la vez desconocido: las misteriosas relaciones entre las bandas gallegas de narcotraficantes y algunas sociedades secretas dedicadas a la magia negra, la brujería y el satanismo». La información se acompañaba con otras fotografías: una en la que se veía una planeadora de las utilizadas por los narcotraficantes gallegos ardiendo en una playa; otra de un antiguo miembro del Servicio de Vigilancia Aduanera; y una tercera, en la que se veían los restos de un supuesto aquelarre celebrado en las proximidades de un acantilado de la costa gallega. El texto, repartido en tres columnas, podía resumirse seleccionando los siguientes párrafos:

La escritora, tras una ardua investigación, sostiene haber descubierto «una misteriosa interdependencia entre el tráfico de cocaína y la pervivencia de ancestrales ritos satánicos». Después de largas conversaciones con funcionarios de Aduanas, que atestiguan el «preocupante y significativo repunte del narcotráfico en Galicia», Laura White afirma no tener ya «ninguna duda sobre el hecho de que magia negra y droga van de la mano en muchos lugares del planeta». Ella, como los policías, jueces y funcionarios del Ministerio del Interior que ha entrevistado durante los últimos años, considera que «el movimiento de los narcotraficantes es cada vez mayor, pese a la extrema vigilancia, y de ahí que de un tiempo a esta parte estén apareciendo lanchas planeadoras varadas en diferentes puntos de la costa, incendiadas, consumidas por las llamas después de realizarse siniestros rituales que mezclan la antigua tradición de las meigas, el satanismo, el budismo y otras formas de magia negra». En su apasionante novela, publicada por la editorial Plantel, se cuenta la historia real de una familia (cuyos datos personales y lugar de residencia son omitidos por motivos de prudencia) que sufrió en sus propias carnes el maléfico poder de estas mafias, que los tuvieron trabajando para ellos en turbios asuntos y delitos, bajo el poder terrorífico de una secta satánica y la permanente amenaza de graves males, enfermedades, la ruina e incluso la muerte. Laura White sostiene que una novela como la suya puede esclarecer unos hechos llenos de misterio que todo el mundo intuye, pero que nadie hasta ahora se ha atrevido a denunciar públicamente.

Y más adelante, bajo un ladillo que se titulaba «ELLA FUE TESTIGO DIRECTO», se decía:

La escritora admite que participó en uno de los aquelarres, invitada por un narcotraficante cuyo nombre no revelará jamás. «Sí, estuve allí esa noche y vi con mis propios ojos como una meiga entraba en trance tras invocar al diablo y solicitar su ayuda para que una importante carga de cocaína pudiese llegar a su destino sin ser interceptada por la policía. Fue algo aterrador que no olvidaré mientras viva. En mi novela se cuenta con detalle, aunque, como se debe comprender, se mezcla la ficción y la realidad en el juego literario que permite el género de la novela de misterio».

* * *

Mavi ha ido temprano al quiosco más cercano para recopilar toda la prensa en la que sale información sobre su novela. Después ha desayunado en una cafetería, mientras ojeaba con rapidez, nerviosamente, los periódicos y revistas, regocijándose por la difusión que tanto va a beneficiar a las ventas del libro. Todo lo publicado le parece adecuado, oportuno. Si acaso, hay un error, aunque pasable, en lo que se dice en uno de los diarios: «Laura White se ha servido de su antigua profesión de jueza para acceder a datos reservados». Se trata de algo que el periodista ha supuesto por su cuenta. A Mavi le incomoda que algunos miembros de la judicatura, antiguos compañeros y amigos suyos, puedan sentirse molestos y tal vez considerarla como una oportunista.

De vuelta en su apartamento media hora más tarde, extiende el compendio de prensa sobre la mesa y lo estudia con mayor detalle. Salvo lo que ese periodista se ha sacado de la manga, todo lo demás resulta atractivo y a buen seguro va a reportar una buena propaganda. Mientras lee el artículo de *La Razón*, suena el teléfono móvil y en la pantalla aparece: «MAMÁ».

—¿Sí...? Dime, mamá.

—Mavi, hija, ¡qué preocupada me tienes! —Su voz afónica tiembla de disgusto.

—¡Mamá, por favor! —ríe Mavi—. ¿Ya has leído los periódicos?

—Sí, hija... ¡Y qué miedo! Mavi, ¿cómo se te ocurre...?

—¡Eh, mamá! ¿Se puede saber qué te pasa?

—Me da mucho miedo todo eso que les has contado a los periodistas.

—Pero... ¡mamá!

—Sí, hija, estoy muerta de miedo... ¿A quién se le ocurre ir a una cosa diabólica de esas? ¿Tú estás loca? ¡Ay, Mavi, por Dios! ¡Cómo se te ocurrió!

—Mamá, eh, mamá... ¿No te dije que eso no era verdad?

—¿Cómo que no es verdad? ¿Y por qué se lo cuentas a los periódicos? Sabiendo el sensacionalismo que hay... ¡Mavi, que me da mucho miedo!

—Mamá, ya te lo dije, lo que cuento en mi novela es pura ficción; o sea, mentira. ¿Comprendes? ¡Es mentira! Pero hay que darle a la cosa misterio... Es por las ventas del libro; por eso nada más. ¿No lo entiendes? Debo decir esas cosas para que la gente se interese, les entre más curiosidad a los lectores y vayan a comprar el libro... ¿Tan difícil es de entender?

—Pero... ¡Mavi! ¿Y lo del aquelarre? ¿Fuiste o no fuiste a eso? ¡Qué horror!

—No, mamá, no fui. Ya te lo dije, hay que inventarse esas cosas para enganchar a la gente. Es como un anzuelo...

—¡Ay, Mavi! No sé si creerte... ¿Me lo prometes?

—Te lo prometo, mamá.

Hay un silencio al otro lado del teléfono y, al cabo, la voz vuelve a temblar:

—Hija mía, ¿y la gente? ¿Qué va a pensar la gente?

Mavi ríe con desdén.

—¡Mamá, la gente sabe que soy escritora! —contesta—. Por favor, no te preocupes, que no va a pasar nada. Estas cosas son así. Tú ponte en el lado bueno: el libro se va a vender un montón y nos alegraremos. Tú déjame hacer a mí, que sé lo que me hago... ¡Que soy mayorcita, mamá!

—Hija, me preocupo... ¿Cómo no me voy a preocupar? Allí en Madrid, tan sola... ¿Cuándo vas a venir?

—No lo sé, mamá. Ahora estoy en plena campaña de promoción de la novela. Mañana tengo prensa otra vez y pasado firmas de libros en El Corte Inglés. Esto es así, mamá; ya lo sabes de otras veces.

—Hija, ¿y Martita? Está a punto de empezar los exámenes en el instituto...

—Ya lo sé, mamá. No te preocupes de eso, Agustín se ocupa de todo...

—¿Pero tú cuándo vas a volver? Mavi, hija, quiero verte... ¡Queremos verte!

—No lo sé, mamá, ya te lo he dicho. Tengo que hacer cosas en Madrid.

—¡Mavi, apenas faltan dos meses para las bodas de plata!

—¿Y?

—¿Y? ¿Eso contestas, hija? ¡Como si no fuera importante! Hace veinticinco años que os casasteis, hija... A todos nos hace ilusión celebrar esas bodas de plata... Si papá viviera...

—Si papá viviera, si papá viviera... ¡Siempre con lo mismo! Claro que es importante para mí, mamá. Pero casi no hay nada que preparar. Agustín me dijo que se encargaría él; que no me preocupara por eso. Él sabe que estoy ocupada... Además, no quiero demasiado jolgorio; no quiero una fiesta ni montones de invitados; me apetece una cosa sencilla: la familia cercana nada más...

—No sé, hija; la verdad, no te entiendo... Estás tan rara últimamente...

En ese momento, el teléfono de Mavi empieza a emitir avisos de llamada entrante.

—Mamá, tengo que dejarte, me están llamando —dice ella, apremiante—. Lo más probable es que sea Agustín o alguna de las niñas. No te preocupes por nada, que muy pronto estaré allí. Y mira el lado bueno de las cosas, por favor, mamá, alégrate por estos triunfos míos; seguramente papá se pondría muy contento. ¡No te preocupes!

—¡Hija, cómo no me voy a preocupar! Ahí, tan sola...

—Mamá, que tengo que colgar. Un beso.

Cuando pone fin a la comunicación, Mavi ve en el móvil que su editora ha estado intentado ponerse en contacto con ella un par de veces. Le devuelve la llamada.

—Perdona, Virginia, hablaba con mi madre. Ya sabes... Ha leído lo que sale hoy en los periódicos y se ha agobiado...

—¡No me digas! ¡Pero si es maravilloso! Nunca te han tratado en la prensa mejor que esta vez.

—Sí, pero ella se ha creído que todo lo que cuento es verdad y está muerta de miedo con lo de los narcos, el aquelarre, el demonio y lo demás.

Una estridente carcajada resuena al otro lado del teléfono.

—¿Y tú qué le has dicho a la pobre?

—Pues que es mentira todo. ¿Qué le voy a decir? Que son cosas que se dicen para crear interés y vender más libros.

—Bueno, Mavi, todo, lo que se dice todo, no es mentira... Algunas cosas son verdad...

—¡Virginia, tú no conoces a mi madre!

—Sí, Mavi, me lo imagino. Ya sabemos que las madres se preocupan mucho por todo... Pero vayamos a lo que nos importa ahora. ¡Qué impacto, chica! ¿Tú tienes todos los periódicos?

—Sí, todos. ¡Impactante! Estoy contentísima.

—¡Increíble, Mavi! ¡Lo tuyo es increíble! En tres años has pasado de ser una desconocida a salir en primera plana de la prensa nacional. Y seguro que vas esta vez a la lista de los más vendidos. En la editorial estamos encantados con *La familia y la bestia*, porque se ve venir un exitazo. Te lo dije, Mavi, recuerda que te lo dije cuando leí el manuscrito: ¡es la bomba!

—Sí que me acuerdo. Yo también tengo el presentimiento de que me va a ir muy bien con esta novela. He trabajado a conciencia y sé que va a funcionar...

—¡Es que lo tiene todo, Mavi! —la interrumpe entusiasmada la editora—. ¡Absolutamente todo! Es una novela con intriga de verdad: misterio, asuntos turbios, erotismo, política, juicios, corrupción, droga, esoterismo, morbo... ¡Todo, Mavi! Ni a Dan Brown le habría salido mejor la cosa... ¡Te vas a forrar, Mavi! ¡Y nos vamos a alegrar todos! En Plantel estamos encantados contigo.

—Pues bien podríais subirme el anticipo de los derechos de autor —susurra ella con ironía.

—Bueno, Mavi, ya sabes que las cosas no están muy bien, la crisis, la piratería en internet... Esperemos a ver si se superan los cincuenta mil libros vendidos... Y luego, Dios dirá. Pero, para que la cosa siga tan bien, tendrás que moverte, Mavi. Hay que hacer más prensa y seguir con las firmas por lo menos hasta las Navidades.

—¡Uf! —resopla ella—. La semana que viene tendré que regresar a Cáceres. Ya te dije que celebro mis bodas de plata dentro de dos meses y tengo al pobre de Agustín al cargo de todo. Además, mi hija pequeña empieza las clases en el instituto y creo que debo estar allí.

—Comprendo —contesta en tono serio Virginia—. Pero es una pena, Mavi. Si *La familia y la bestia* funcionan tal y como esperamos, será necesario reforzar el éxito con una gira por España.

—¿Y no se puede condensar la campaña de promoción en diez días?

—¡¿En diez días?! ¡Cómo, Mavi, cómo! Tendrías que darte un palizón, porque, por lo menos, deberías ir a Barcelona, Bilbao, Valencia, Zaragoza, Sevilla, Oviedo...

—No importa; me daré el palizón.

—Bueno, Mavi, veré qué se puede hacer. Mañana me reuniré con la directora de prensa de la editorial y le pasaré tu propuesta, a ver qué dice. Pero tú procura volver pronto después de esas bodas de plata; que no debemos dejar que el interés que ha suscitado *La familia y la bestia* se desinfle. Esto es una gran oportunidad; y ya sabemos que las grandes oportunidades pasan delante de nosotros muy pocas veces en la vida...

Dos

El 16 de abril, un editorial sin firma de la revista *Leer hoy* (habitualmente crítica y sarcástica con los nuevos géneros literarios que tacha de «comerciales») ensalza la novela *La familia y la bestia*, escrita por Laura White, como «el más original e imaginativo relato de misterio de los muchos ofrecidos al hastiado lector de novela negra en España». Mavi, después de leerlo, se siente muy feliz; pues, si bien hasta el momento las opiniones sobre el libro habían sido en general favorables, precisamente esa misma tarde es su primera firma de libros en El Corte Inglés de Serrano.

A las seis, ella sale de su apartamento y se dirige caminando sin prisas por la calle de Goya, con la intención de llegar a la librería con anticipación suficiente para tomar un café con su editora. La firma está prevista para las siete y siempre resulta conveniente estar un rato antes para saludar a los directivos y hacerse algunas fotos. Una inesperada lluvia primaveral hace que la gente corra de repente, y no le queda más remedio que apresurar los pasos por la acera mojada, teniendo que resguardarse frecuentemente bajo los aleros y los toldos de las tiendas. Los transeúntes, salpicados por los resplandores húmedos del chaparrón y bañados por la luz vespertina, cambian de color con camaleónica rapidez. Y así, a ratos a cubierto y a ratos a merced de los canalones, ella llega ante el hormiguero del gentío que penetra a borbotones por la puerta principal de El Corte Inglés, exudando un olor agrio, humano, que se mezcla con el de las calles mojadas.

En la misma entrada de la librería, junto a una pila hecha de ejemplares de su novela, ve enseguida un gran cartel con su foto en el que puede leerse en grandes letras en blanco sobre un fondo verde oscuro: «HOY FIRMA LIBROS LAURA WHITE». Al lado hay otro cartel enorme con la portada de *La familia y la bestia*: un cielo gallego oscuro, borrascoso, sobre un mar encrespado; y en la playa, lamida por espumantes olas, una lancha en llamas en torno a la cual se ve un confuso aquelarre formado por oscuras figuras humanas.

Cerca de la puerta están Virginia, la editora, y un fotógrafo. Mavi se detiene a distancia, como retraída. No termina de acostumbrarse a esas situaciones y su cara se afina por la tensión. Pero inmediatamente se ve obligada a sonreír cuando Virginia va hacia ella exclamando:

—¡Mavi, querida, solo una foto! ¿No te importa, verdad?

Ella posa un poco a regañadientes al principio, pero enseguida le brota desde dentro un inevitable ramalazo de vanidad y ofrece su mejor perfil y una mirada interesante.

—No, por favor, no mire a la cámara —le dice el fotógrafo—. Mire hacia los libros con naturalidad... Va, va, no, no mire hacia aquí, por favor... ¡Así! ¡Genial! ¡Está guapísima!

Muy pronto se aproximan algunas señoras elegantes, recién salidas de la peluquería, llenas de curiosidad y, mientras observan la sesión de fotografía, hacen comentarios:

—¡Qué joven se la ve!

—¡Enhorabuena, Laura!

—La novela es buenísima.

No hay tiempo para el café. Después de unos rápidos saludos a los directivos del establecimiento, le indican un pequeño estrado donde está dispuesta una mesa con libros y la silla donde debe sentarse para firmar. No tarda en formarse la cola y, cuando Mavi quiere darse cuenta, ya hay gente delante de ella, esperando a un par de metros con sus libros en las manos.

—¡Qué éxito! —le susurra al oído Virginia, con los ojos bailándole de felicidad—. ¡Qué maravilla, Mavi! ¡Mira qué montón de gente te estaba esperando!

El primer cliente que se acerca es un hombre con barba, insolente y enfurruñado, que le dice con un desinterés hostil:

—Ande, Laura White, fírmeme el libro. Es un regalo para un amigo que la admira a usted no sabe cuánto... Porque yo, la verdad, no me creo nada de lo que cuenta ahí.

—Pero... ¿ha leído usted el libro? —le pregunta ella con cordialidad forzada.

—¡Qué va! A mí estas novelas de misterio no me gustan nada, yo soy más bien de novela histórica... —Sonríe malévolamente—. Aunque supongo que a usted no le molestará que se lo diga, ¿verdad?

—No, claro que no me molesta, señor. Sobre gustos... Pero, si no lo ha leído, ¿por qué dice que todo lo que se cuenta en *La familia y la bestia* es mentira?

—Doña Laura, yo soy comisario jubilado de policía —le contesta el hombre, desdeñoso, estirándose—. Como comprenderá, a mí no me la da usted... Todo eso del satanismo, los aquelarres, la brujería... ¡La cosa es mucho más simple! El narcotráfico es pura delincuencia, intereses, dinero... No hay más misterio.

—Bueno, si usted sabe tanto...

—¡Pues claro! ¡Yo he servido en la comisaría de Betanzos! Así que...

Mavi suspira y sonríe.

—En fin, usted y yo deberíamos tener una larga conversación y yo le contaría muchas cosas que no sabe... —observa, haciendo de tripas corazón—. Pero, ahora, como ve, debo dedicarme a firmar libros; los lectores de la cola esperan y tengo poco tiempo...

El comisario jubilado suelta una risotada.

—¡Ya me gustaría a mí tener esa conversación! —replica pícaramente—. Pero no por lo que pueda contarme usted a mí, sino por estar yo al menos un rato con una señora de tan buen ver.

—¡Qué pillín! —responde ella, cada vez más incómoda, pero sin dejar la sonrisa artificial—. Ande, deme el libro, que se impacientan. ¿A quién se lo dedico?

—A don Mariano Bermúdez; así, a secas. Aunque sepa que es cirujano jefe en el Marañón... ¡Un portento!

—¡Ah, qué bien!

—¿No se lo he dicho? Lee todo lo que escribe y la admira mucho.

—Sí, más que usted, por lo que veo.

El comisario impertinente suelta otra risotada.

—Yo la admiro también..., pero por esos ojos azul noche... —le espeta—. ¡Ja, ja, ja...! En la foto de *ABC* ha salido usted guapísima. Para tener cincuenta años está hecha un guayabo... ¿Cuántos años cree que tengo yo?

—¿Ochenta?

—¡Ochenta! —ríe el hombre—. ¡Mire que es usted mala, doña Laura! Yo le echo piropos y usted se cachondea de mí. Sepa que tengo apenas doce años más que usted. ¡O quién sabe! Porque... ¿quién me dice a mí que no se quita usted años en la nota biográfica que pone en la solapa de sus libros? ¿No hacen eso las artistas? ¿Eh?

La editora, que llega en ese momento después de haber estado tomando café con el fotógrafo y el director del establecimiento, se da cuenta de que aquel hombre se está poniendo quizás algo pesado e interviene diciéndole:

—Señor, por favor, que hay cola. Si es tan amable...

El comisario jubilado mira en torno.

—Bueno, cola lo que se dice cola... —objeta—. Aquí hay poco más de veinte personas... ¡Colas las que tenía don Antonio Gala en este mismo lugar en sus buenos tiempos!

—Señor, por favor —le dice Virginia—. Se está pasando...

El hombre se vuelve hacia ella, arruga el ceño y contesta con aire ofendido:

—¿Pasando? Creo, señorita, que he sido correcto en todo lo que le he dicho a doña Laura. ¿O no, doña Laura? —se dirige a ella—. ¿La he molestado?

—Oh, no, señor, ¡claro que no! Pero comprenda que...

—Sí, comprendo, comprendo. ¿Cómo no voy a comprender? ¡Soy un hombre educado! Y perdóneme si... En fin, no he querido resultar inoportuno... Aunque... Bueno, me gustaría hacerle una última pregunta... ¡Y aquí paz y mañana gloria! ¿Tiene a bien contestarme?

—Naturalmente, señor, si es breve.

—Sí, ¡brevísimo! —ríe—. A ver, doña Laura White, ¿no es verdad que se llama usted María Visitación de la Vega? Entonces, ¿a qué eso de Laura White? —Y lo de White lo pronuncia con claro retintín.

Mavi le sonríe. Le han hecho la dichosa pregunta en otras ocasiones y, aunque aquel hombre ya la está sacando de quicio, no está dispuesta a montar un numerito.

—Parece mentira, señor, tan culto como parece usted y no sabe que eso es un seudónimo literario —responde con atenta serenidad.

—¡Un seudónimo literario! —replica el comisario con manifiesto desagrado—. Ahora, doña Laura, es usted quien me ofende a mí. ¿Cómo no voy a saber yo eso? ¡Pues claro que sé lo que es un seudónimo! ¡Claro que sé qué es un alias! A lo que yo me refiero es al dichoso apellidito: White, Whi-te. ¡Valiente tontería! ¡Qué horterada! Si decidió publicar bajo seudónimo sus novelitas de misterio, ¿por qué escogió un apellido anglosajón? ¿Por qué no se ha llamado, por ejemplo, Laura Blanco? O mejor, ¿por qué no Laura Alba? ¿No suena bien acaso para usted la lengua española? ¿Le molesta la lengua de Cervantes, Lope y Galdós? Whi-te, ¡qué cursilería, señora mía! A mí me suena eso a manida cinematografía norteamericana, a película añeja, a... ¡A qué sé yo qué, demonios!

Mavi se pone en pie, sin dejar de sonreír, y mira fijamente a los ojos de aquel hombre.

—Usted, señor, sabe mucho —le dice con una calma pasmosa—. ¡Me asombra! Usted tiene mucha razón. Y yo, humildemente, creo que debo recordarle aquello que un gran cómico y escritor español le dijo a un admirador suyo. ¿No sabe lo que le dijo?

—No, doña Laura. ¿Qué le dijo?

Laura inspira hondo, con inalterado semblante, y grita de pronto con furia:

—¡¡¡Váyase usted a la mierda!!! ¡¡¡A la mierda!!!

En torno se hace un gran silencio, en el que la música suave de los altavoces suena de repente más nítida. Todas las miradas se han vuelto hacia el lugar donde han bramado aquellas voces. El comisario jubilado también mira muy fijamente a Mavi.

—Eso no tiene ninguna gracia —dice, con aire de superioridad desdeñosa—. Fernando Fernán Gómez era un ineducado que debía de tener perdida ya la chaveta cuando gritó eso a aquel pobre hombre. ¡Qué ingrato fue! Por mucho que le hayan reído la gracia... Este país es un país de idiotas desagradecidos. ¡Y de locos! Y usted, doña Laura Whi-te, es decir, doña María Visitación de la Vega, tampoco debe de andar muy cuerda al abandonar la judicatura para inventarse estas tonterías que escribe y que pretende que nos las creamos... En fin, yo, sinceramente, le deseo a usted toda la suerte del mundo... No le guardaré rencor alguno... ¡Cómo se lo iba a guardar, señora mía, con esos ojos color noche!

Después de decir esto, se marcha con el libro bajo el brazo, mientras todas las miradas siguen su recorrido hasta la salida. Y una mujer de la cola, a la que ahora le toca el turno de firmar, le dice a Mavi:

—¡Vaya un tío estúpido! Has hecho muy bien en mandarle a la mierda, Laura. ¡Menudo machista asqueroso! ¿A eso ha venido? ¿A darte la tarde? No te preocupes, que aquí estamos un montón de admiradoras para animarte.

—Gracias, muchas gracias, señora —contesta Mavi con voz temblorosa, haciendo un gran esfuerzo para recuperar la sonrisa que durante un momento se le ha helado en los labios.

TRES

Después de la firma, Mavi y su editora fueron a cenar a base de tapas en la barra del Estay, un conocido restaurante-cafetería de la calle Hermosilla. Bebieron cava en abundancia, entre plato y plato, para celebrar el éxito de la novela. En los postres, a mitad de la segunda botella, el sentido del humor de Virginia ha alcanzado un punto indiscriminado, entre la euforia burbujeante y la dicha por el prometedor porvenir que entreví para *La familia y la bestia*; y encima, el suceso del comisario jubilado le brinda la oportunidad añadida de reír con ganas de vez en cuando y hacer chistes a su costa.

—Tenías que haberte visto la cara —le dice a Mavi, ruborosa y floja por el regocijo—. ¡Y la cara de ese imbécil! ¿Cómo se te ocurrió? ¡Eres genial, querida! ¡A la mierda! ¡Váyase usted a la mierda! ¡Ay, qué risa!

Virginia es una asturiana gordezuela, rubicunda, guapetona; tras los cristales de sus gafas de moldura color violeta brillan unos inteligentes y azules ojos. En casos como estos, bebe como una esponja y es entonces cuando emana de ella su parte más sensible y afectuosa, que de forma habitual está oculta bajo una máscara de eficiencia y racionalidad. Mavi ha aprendido a apreciarla sinceramente, aunque esto haya sido poco a poco, de comida en comida, de cena en cena, a golpes de Ribera del Duero y *gin-tonic* en los días más intensos de las promociones de sus últimas novelas, después de las reuniones formales en la editorial o durante las ferias del libro de Madrid. Aunque bien es cierto que al principio la editora le pareció una de esas mujeres distantes y calculadoras que viven para su profesión nada más. Nada más lejano a la realidad; ya que, aunque Virginia es hiperactiva en el trabajo, sabe, llegado el momento, soltar ataduras, abrir compuertas y derrochar a raudales sentido común, afecto y eso que, melosamente, se conoce como vida interior.

—... La gente se quedó de piedra —prosigue, azuzada por la última copa que acaba de apurar casi de un trago, al tiempo que asesta un picotazo en el brazo de Mavi—. Todas aquellas señoras encopetadas, que seguro que antes te consideraban una escritora modosita, una rarita de biblioteca... ¡Pasmadas se quedaron! Verás como se tragan ahora lo del aquelarre y todo lo demás que se cuenta en *La familia y la bestia*... ¡Ya verás!

Después de decir esto, de repente se queda callada al percibir que Mavi la está mirando un tanto seria y con un velo de confusión de los ojos. Entonces Virginia cambia de tono al preguntar:

—¿Eh? Pero... ¿no te ríes? ¿No te hace gracia, Mavi?

—No sé —responde ella con un filo de duda—. Creo que me pasé tres pueblos... ¿Qué habrán pensado los de El Corte Inglés?

—¡Anda, tonta! ¿Qué van a pensar? ¡Estuviste genial! ¡Anímate, mujer! Tómate otra copita de cava... ¡Por *La familia y la bestia*! Eh, por favor, camarero, ¡otra botella!

—¿¡Otra?! —exclama Mavi, llevándose las manos a la cabeza.

—Sí, otra; la última. ¡Hay que brindar!

—Virginia, llevamos ya dos botellas. Ya hemos brindado y rebrindado...

—¿Y qué? *La familia y la bestia* se merece la tercera!

Cuando han tomado un par de copas más, el gasto de cava reporta por fin un provecho para Mavi: si antes parecía reacia y un poco tensa, ahora se relaja y su semblante adquiere un reflejo de hilaridad mezclada con indiferencia. Cuando al fin sonríe, Virginia lo celebra:

—¡Chica, por fin!

—¿Por fin qué?

—Al fin se te ve algo contenta. ¡Te animas! ¿Se puede saber qué te pasa? Estás al borde del mayor éxito de tu carrera literaria y hoy me daba la sensación de que, en vez de alegrarte, te estaba costando un disgusto. ¿Ha sido por causa del comisario imbécil ese? ¡Olvídalo ya!

—Me puso de un malhumor... —comenta Mavi, recordando el incidente—. Yo intentado ser amable para no montar un numerito y él dale que dale... Me consumió la paciencia...

—¡A la mierda! —exclama Virginia, riéndose, levantando la copa de cava—. ¡A la puta mierda!

Brindan entre carcajadas. Este nuevo sorbo parece levantarle aún más el ánimo a Mavi. Pero, no obstante, vuelve a ponerse seria.

—Ahora que lo pienso —dice—, no me arrepiento una pizca de haberle mandado a la mierda. Venía el tío con ganas de gresca y se fue calentito. Aunque... hay una cosa que dijo que da que pensar...

—¿Qué?

—Lo del nombre, lo que dijo sobre el seudónimo con que firmo mis novelas.

—¿Eh? ¿Y qué pasa con el seudónimo?

—Seré sincera —responde Mavi, endureciendo la mirada hasta cobrar una expresión de contrariedad—. La verdad es que a mí eso de Laura White ya hace tiempo que me parecía una horterada...

—¡Mavi! —exclama la editora, con los ojos encendidos por la sorpresa—. ¡Qué dices, chica!

—Pues eso, que ahora me arrepiento un montón de haber escogido el seudónimo Laura White. No sé en qué estaba yo pensando por entonces... ¿Quién iba a suponer que aquella primera novela mía iba a funcionar? Y ahora, con el éxito de *La familia y la bestia*, hubiera preferido un nombre más...

—¡¿Más qué?! —la interrumpe Virginia, con los ojos echando chispas—. ¿Hablas en serio?

—Sí, muy en serio. ¿O a ti no te parece una horterada lo de Laura White?

Virginia la mira completamente atónita. Su expresión da a entender que no puede creerse lo que está oyendo y, apretando el antebrazo de Mavi, levanta la voz al responder:

—¡¿Una horterada?! ¡Una horterada que funciona de maravilla! Pero... ¿tú no has leído lo que se dice de ti en todos esos periódicos y revistas? ¿Ya te has olvidado de lo que decía el editorial de *Leer hoy*? Mavi, ¡Serás *babaya*! —El acento asturiano de la editora se aviva cuando se enfada. Ha pasado de la euforia a la irritación y, con voz grave, prosigue—: «El más original e imaginativo relato de misterio». ¿Tú sabes lo que significa eso escrito en un editorial de *Leer hoy*? ¡«El más original e imaginativo...»! ¡*Condelgada!* ¿Ahora me vienes con esas? Una horterada, una horterada...

Mavi suelta una carcajada.

—¡Cómo te pones!

—Claro... Claro que me pongo... ¿Cómo no me voy a poner? —replica, poniéndose en pie y hurgando en su bolso—. ¡Vamos afuera, que me tengo que echar un cigarro...! —En la puerta del restaurante, la editora fuma con ansiedad y sigue refunfuñando—: Me sales con unas cosas, Mavi... ¿Cómo que una horterada? ¿Y Calvo Poyato, que escribe con el alias Peter Harris? Lo de Laura White nos pareció ideal y funcionó. ¿O no ha funcionado? ¿O acaso era mejor poner Visitación de la Vega? ¡Por Dios, Mavi! ¡Visitación de la Vega! ¡En una novela de misterio...! ¿Te lo imaginas? «*La familia y la bestia*, escrita por Visitación de la Vega...». ¿O por qué no mejor Visi del Río? ¡Carajo, eso suena a folclórica!

Ella se echa a reír con ganas.

—Anda, dame un cigarro —le pide.

—¿Eh? ¿Un cigarro? ¿Tú...? Pero... ¡¿Vas a fumar?!

—Sí, sí, voy a fumar. Me han entrado ganas; será por todo el cava que hemos bebido...

—¡Pero, Mavi! ¡Llevas tres años sin fumar! ¡Ojalá hubiera tenido yo esa fuerza de voluntad para dejarlo! Si fumas hoy, seguramente te engancharás otra vez...

—¡Dame de una vez ese cigarro!

Las dos fuman en silencio durante un rato. Con el tabaco parece haber llegado la seriedad. Hasta que Virginia, que no puede dejar de pensar en lo que Mavi le dijo antes, vuelve a la carga:

—¿Y Sarah Lark? ¿Qué me dices de Sarah Lark? ¿Sabes cuál es su nombre de nacimiento? Christiane Gohlse se llama y, además del alias Sarah Lark, usa el de Ricarda Jordan. Fíjate que cursilería: Ricarda, Ricarda Jordan. ¡No te joroba!

—Anda, déjalo ya —le dice Mavi, mirándola con cara de hastío—. ¡Vaya matraca has cogido con eso!

—¡Si te parece! ¡Me has agriado la noche! Con lo contenta que yo estaba, me vienes tú con lo del nombrecito...

—¡Basta! ¡Déjalo ya!

Virginia sonríe maliciosamente.

—¡A la mierda! ¡A la puta mierda! —grita—. ¡A partir de mañana, tu seudónimo será la Visi!

Las dos se echan a reír y entran de nuevo al restaurante para dar cuenta del cava que les queda. Cuando están sentadas en la barra y apuran sus copas, los ojos de Mavi se enturbian de repente con un velo transparente y le brotan un par de lágrimas que resbalan mejillas abajo.

—¡Eh, chica, estás llorando! —exclama la editora, alzando, pasmada, las cejas—. Supongo que será de felicidad...

A Mavi le cuesta articular palabra, pero, cuando consigue vencer el nudo que se le ha puesto en la garganta, dice en un susurro:

—El cava siempre me hace llorar...

—¡Imposible! ¡El cava da alegría! ¡Déjate de tonterías, Visi!

La otra se ha reído de nuevo, aunque de manera bobalicona. La bebida ya se les ha subido a las dos a la cabeza.

—Tengo que contarte una cosa —murmura Mavi, adoptando una expresión rara.

—Miedo me da —replica Virginia—. ¡A ver con qué me sales ahora! Porque, por lo que veo, a ti el cava te pone *babaya*.

—¿*Babaya*? ¿Y eso qué es?

—Boba, tontita... Es que cuando bebo me sale la asturiana que llevo dentro. Como tú, que te pones extremeña cerrada, cerrada... Y dices cosas como *chiquinino, poquino*... Pero... a ver, ¿qué es eso que me tienes que contar? ¿El tema de tu próxima novela?

—No, no tiene que ver nada con temas editoriales. Es un asunto personal...

—¿Personal? ¡No me asustes!

Mavi baja la cabeza y su boca se contrae en una mueca de contención. Y a pesar de que lo intenta, no puede evitar echarse a llorar.

—¡Eh! Mavi, Mavi... ¿Y ahora qué te pasa? ¡Chica, qué rara estás hoy! ¿Lloras? ¿Ahora lloras?

Avergonzada, ella saca un pañuelo y se enjuga las lágrimas. Permanece durante un momento encorvada, mirando al suelo, trémula, gimoteando.

—¡Tú lo que tienes es un pedo...! —le espeta Virginia—. ¡Vaya que si te hace llorar el cava! ¡Como una Magdalena, Visi!

Mavi, muy afectada, levanta la cabeza.

—Pues claro que tengo un pedo... —balbucea—. ¡Tres botellas, Virginia! ¡Ay! Tres, tres, tres...

—¿Pido la cuarta? —pregunta la otra.

—¡No! Por favor, no...

—Pues habla de una vez. A ver, ¿qué carajo te pasa?

Ella se enjuga una vez más las lágrimas, inspira como para infundirse ánimos y acaba soltando de sopetón:

—¡Que me he enamorado!

Estas palabras acaban de colmar el estado de Virginia y las riendas de su cordura terminan soltándose del todo.

—Pero... ¡¡¡Visi!!! —exclama, lanzándole una mirada llena de estupor y a la vez de incredulidad.

Mavi ha vuelto a dejar los ojos fijos en el suelo. Cuando los levanta, una dulce sonrisa le ilumina el rostro. Mira a su editora con una expresión sincera, un poco sonrojada, y añade de corrido una retahíla de explicaciones:

—Perdidamente enamorada... ¡Como una loca! A mi edad, cerca ya de los cincuenta... ¿Quién me lo iba a decir? He perdido la razón, la cordura, el sentido... ¡He perdido la cabeza! A veces me creo que he vuelto a los treinta, ¡o a los veinte! Y lo mejor de todo es que me siento amada; amada de verdad.

Virginia la mira sin salir de su asombro, entre la compasión y la admiración. Le toma el mentón con la mano y le pregunta con apasionamiento:

—¿Debo entender que se trata de un hombre que no es tu marido? —Ella aprieta los labios y, sosteniendo aquella mirada, asiente con profundos y elocuentes movimientos de cabeza—. ¡La hos...! —suspira Virginia.

Durante un instante hay entre ellas un silencio lleno de complicidad. Luego la editora se vuelve hacia el camarero.

—¡Otra botella! —le pide.

—No, por favor —tercia Mavi—. Tráiganos la cuenta.

—Pero, Visi, tenemos que hablar de esto...

—Sí, pero no aquí. ¿No te das cuenta de que llevamos toda la noche dando un espectáculo? Tan pronto risotadas como voces... Y luego, llanto... Además, estamos las dos pedo y aquí hay demasiada luz. ¡Y no me llames Visi!

Virginia la mira.

—En fin, como quieras, chica —responde, encogiéndose de hombros—. Pero te advierto de que si nos tomamos un solo *gin-tonic*, nos caemos las dos redondas al suelo... Yo un día, después de una fiesta en la que había tomado tanto cava como hoy...

—Virginia, por favor, vámonos, creo que voy a vomitar...

—¿Vomitar? ¿Como una adolescente? ¿Enamorada y vomitando? Pero... ¡¡¡Visi!!!

CUATRO

Cuando Mavi despierta le sucede lo mismo que en
tantas otras mañanas: antes de abrir los ojos, percibe
una respiración a su lado que le resulta, de manera
paradójica y extraña, a la vez conocida pero inhabitual... Alberto duerme junto a ella profundamente...
Se acerca a él y pasa con suavidad la mano por sus cabellos. Después aspira el aroma de su cuerpo, para
convencerse de que es en efecto un ser real y que está
allí de verdad. Comienza entonces a acariciarle el pecho, le besa en la boca y recorre su vientre con los labios... Él se remueve, abre los ojos, sonríe y comienza
a abrazarla cada vez con mayor ardimiento; y mientras lo hace, le susurra palabras de amor y al tiempo
otras más atrevidas, más indecentes, que a ella le
arrancan una risa embelesada y le facilitan la entrega.

Más tarde, él se queda de nuevo dormido un rato a
su costado, mientras ella le acaricia despacio los cabellos. También Mavi se deja arrastrar luego al sueño,
aunque a ratos; se trata más bien de un sopor medita-
tivo, en el que, cada vez que entreabre los ojos, mira
de soslayo la piel atezada y ardiente que está a su

lado. Y llena de aprensión, se pregunta cómo es posible que se halle en la cama con un amante y que eso no le provoque otro sentimiento que pura y simple felicidad. Aunque con las envolturas inherentes a tal estado: pensamientos de fugacidad, deseos de parar el tiempo y el gustosamente amargo sabor del inmediato goce...

En su adormecimiento reflexivo, en su modorra morbosa, Mavi siente que es como una profunda ironía que este amor le haya llegado ahora, cerca de cumplir los cincuenta; como el hecho de que, a la misma edad, como una inesperada sorpresa, hayan aparecido los éxitos, la fama y una suerte de nueva vida. Más aún, todo eso, que podría sembrar en ella la preocupación, al pensar que se ha olvidado de ciertas obligaciones —de determinados valores que ella fomentaba merced al autoconocimiento, a la idea de dignidad personal, identidad y autenticidad—, ha hecho en cambio que cualquier pensamiento elevado sea desechado fácilmente como mera verborrea psicológica. En su mente toma cuerpo una explicación mucho más sencilla para lo que le sucede: lo aprecia como la materia propia de la vida; es decir, se dice que estas cosas pasan y que, cuando pasan, es porque empieza una nueva realidad.

No obstante esta aparente conformidad, ella no puede sujetarse del todo al deseo de dar sentido a lo que le sucede. Acostumbrada a inventar historias, a idear las vidas y las circunstancias de los personajes dispares de sus novelas, trata de ordenar de algún modo la concatenación de hechos y situaciones que la han llevado al lugar en que ahora se encuentra. Y acude a una cierta lógica para entenderlo. De entre todos los seres de la creación —reflexiona—, la identidad es un reto únicamente del ser humano. Una rosa sabe con exactitud lo que es y no se verá nunca tentada a ser otra cosa, como por ejemplo, una margarita. Y lo mismo sucede con los pájaros, con los perros, con las montañas, con los ríos, las estrellas, las moléculas o los fotones. Todos cumplen con el objetivo propio de su ser, con la existencia que les corresponde. Sin embargo, los hombres y las mujeres tienen una existencia que supone desafíos mayores. Los humanos pensamos, consideramos posibilidades, opciones; y basándonos en ello decidimos, actuamos, dudamos, podemos equivocarnos o acertar... Y en medio del maremagno que supone la vida, lo más difícil de conseguir es ser natural... Ser completamente auténtico resulta del todo excepcional.

* * *

La manera en que Mavi conoció a Alberto fue de lo más simple. No lo encontró en una fiesta, entre vapores de alcohol y música, cuando todo se reviste de irrealidad y el ambiente disfraza la verdad de las cosas. Tampoco en un paseo por un parque ni desayunando en una cafetería. No fue en el metro ni en el aeropuerto ni en un museo... Y mucho menos pudo ser en internet (ella detesta las redes sociales y esa clase de foros). Así, dicho en pocas palabras, el encuentro a cualquiera podrá sonarle de lo más vulgar: Mavi y Alberto se conocieron en el gimnasio. En efecto, fue algo simple; teniendo en cuenta sobre todo que las estadísticas confirman que los gimnasios son uno de los lugares más propicios para que surjan relaciones personales, ya sean amorosas o de cualquier otra clase. Y ella, sabedora del dato, habiendo sido ejemplo de él, no dejaba de sentirse interpelada por un estado de ánimo lleno de contradicción; quizás por haberse visto sorprendida por un inesperado suceso en su vida que, aun sin quererlo, no dejaba de tener visos de afrentosa vulgaridad. Su lado más racional así lo juzgaba. Y se preguntaba: ¿Actúo así por puro placer? ¿Por hedonismo? Pero, con todo y con eso, ¿acaso no le resultaba excitante la pura irracionalidad? ¿No pervivía latente en algún rincón oculto de su ser un rescoldo de inmadurez consentida? Lo intuía, pero lo acallaba al mismo tiempo que le abría resquicios para dejarlo aflorar. Diciéndose a la vez con mórbido deleite y autocompasión: ¿Y qué es la vida sin esa pizca de locura? ¿No es verdad que siempre hay una parte ingobernable y fuera de control?

La tarde que conoció a Alberto llovía. En la salediza perspectiva encuadrada por la ventana del gimnasio, los parterres del pequeño parque que se divisaba parecían más verdes, como los brotes de las ramas de los árboles de aquel húmedo mes de marzo. Vestido con ropa de deporte negra, tumbado en un banco de ejercicios, él levantaba las piernas con una parsimonia y una perfección que denotaban demasiada pericia; como si no le costara hacer esos penosos abdominales que todo el mundo deja para el final y cuyas sesiones casi nadie completa. Ella, ceñida con unas mallas y una estrecha camiseta que había estrenado ese mismo día, estaba inquieta sin saber el motivo; y su inquietud la enojaba... Aquellas semanas en Madrid, no obstante ser las primeras, le parecían insípidas; como la persistente lluvia que trazaba con lápiz gris líneas paralelas oblicuas sobre el oscuro fondo de la tarde. Y toda esa desgana, ese enfado, se acentuaba cuando se hacía consciente de que no podía dejar de echar ojeadas hacia ese individuo, mucho más joven que ella, con toda la pinta de no tener otra ocupación en el mundo que el cuidado de sí mismo. Solo una tonta se habría hecho ilusiones con un tipo así: una suerte de bailarín, de estrecha cintura, pelo negrísimo y ojos de hipnotizador oriental; una piel atezada, racial, con un algo de ligón playero y, para colmo, ¡coleta! Y sin embargo, como una tonta, Mavi se descubrió a sí misma mirando demasiadas veces en aquella dirección, mientras trataba de llevar la cuenta de sus repeticiones en un complejo aparato destinado a afirmar los glúteos.

—¡No, Mavi, así no! —le llamó de pronto la atención la entrenadora—. La pierna no tiene que estar recta, que te puedes lesionar. Flexiona, flexiona un poco, y mantén, mantén el ritmo.

Entonces, movida tal vez por un vago sentimiento de vergüenza por la falta cometida, ella se volvió hacia donde él estaba haciendo ahora torsiones con una armonía excelente. ¿Por qué se volvió? ¿Le importaba mucho que él hubiera reparado en su torpeza? Esas tontas preguntas perdieron toda entidad cuando Mavi se topó con una mirada indulgente y a la vez penetrante, con una sonrisa benevolente y con el hecho de que él soltara la barra de hacer torsiones y viniera solícito a intervenir en el asunto, diciéndole de manera inesperada y amable:

—Mejor estira el tronco y... ¡Anda, lo que pasa es que tienes puesto demasiado peso!

—Es verdad —observó la entrenadora, dándole la razón melosamente al entrometido—. Con tanto peso no podrás hacer el ejercicio de forma correcta.

—¿Eh...? —murmuró tímidamente Mavi—. Yo creía que con un poco más de peso...

—Oh, no, no es cosa de peso —repuso él con suficiencia—; se trata de mantener la tensión e ir despacio, poco a poco. ¿Comprendes, Mavi? ¿Te llamas Mavi..., no? Cuando te resulte fácil, podrás aumentar el peso. A ver, déjame que te muestre cómo se hace. —Mavi se retiró del aparato y él se colocó en su lugar, con una habilidad pasmosa, y empezó a levantar la pierna tras de sí, alzando la pesa a la vez que explicaba—: El glúteo, al tensarse y al distenderse, así, despacio, se ejercita. ¿Ves? Uno, dos, u-no y... dos... ¿Te das cuenta, Mavi?

Ella miraba el glúteo, asombrada por aquella sabiduría que él no tenía inconveniente en mostrar, y veía el pantalón apretarse y luego extenderse la pierna perfecta, bronceada, depilada, brillante...; y pensaba para sus adentros: seguramente será un bailarín...

CINCO

—¿Y es bailarín? —le pregunta Virginia, con una curiosidad tal en su mirada y en el conjunto de su semblante, que la convierten repentinamente en una coti-
lla de pueblo, a pesar de su general aspecto alternativo:
las gafas color violeta, el carmín oscuro y los reflejos
anaranjados del pelo rubio.

—Bueno, en cierto modo... —ríe Mavi—. Desde
luego baila muy bien.

—¡Ah, baila! ¿Y qué baila? ¿Flamenco?

—Flamenco y lo que sea...

Virginia suelta una carcajada.

—Vamos, que has andado por ahí de bailoteo con
el tal Alberto...

Y dicho esto, se acomoda en el sofá, saca un cigarrillo,
lo enciende y se pone a fumar con evidente placer. Están
las dos en casa de la editora, un dúplex en Aravaca, y
desde el ventanal amplio del salón se ve como único panorama una interminable hilera de viviendas idénticas:
paredes con zócalo de ladrillo visto, ventanas enmarca-
das con pintura ocre y una sucesión de puertas iguales,
cancelas iguales, garajes iguales, chimeneas iguales...

—¿Por qué te viniste a vivir aquí? —le pregunta Mavi.

—¡Qué sé yo! Tonterías que una hace... Me parecía que aquí estaría más cerca de la naturaleza... y ya ves...

Mavi está de pie y ve por el ventanal la barriada residencial, monótona, anodina; y una fila de farolas perdida en unos cerros pelados. A lo lejos, por una autovía transitan vehículos sin interrupción.

—Sí, ya veo —murmura.

—¿Y tú, Mavi? ¿Por qué escogiste el apartamento en el centro?

—Fue una decisión provisional. Estaba cansada de tantos hoteles y, además, como mi hija mayor empezó el máster, podía así venirse a vivir conmigo.

—Pues has hecho bien, muy bien, ¿qué quieres que te diga...? Siempre es mejor vivir en casa propia, aunque sea de alquiler. ¿Estás contenta en Madrid?

El rostro de Mavi se ilumina, al responder casi de forma inconsciente:

—Sí, ¿qué iba a hacer sino?

Entonces, alzando la cabeza, Virginia le insta con vehemente impaciencia:

—Anda, ven a sentarte. Me tienes que seguir contando lo de Alberto. Te he invitado a comer para que me lo cuentes con tranquilidad... Pero ahora me está pareciendo que no te apetece hablar de ello... ¿Qué demonios te ocurre, Mavi? ¿Por qué no me lo terminas de contar de una vez?

Ella se pasa la mano por la nuca, pensativa, y va a sentarse lánguidamente al lado de su editora.

—Claro que quiero contártelo. Debo contarlo, y tú eres la persona adecuada...

—¡Bah! ¡Vamos, dime cuántos lo sabemos! No me creo que no se lo hayas dicho a nadie más todavía...

Mavi se le queda mirando.

—Nadie más lo sabe, Virginia, de verdad, nadie —responde con visible franqueza—. Tú eres la primera a quien se lo cuento. Y creo que no hubiera sido capaz de hacerlo sin todo el cava que bebí el día de la firma de libros en El Corte Inglés... Y además, ¿a quién se lo podía contar? ¿A mi marido? ¿A mi madre? ¿A mis hijas?

—Comprendo. Pues aquí me tienes, chica, soy toda oídos —le dice Virginia, muy seria, mientras enciende otro cigarrillo.

Luego escucha atentamente mientras Mavi se lo cuenta todo. A esta la cara se le ha puesto roja y los ojos le brillan cuando, un tanto avergonzada, confiesa que iba cada día al gimnasio con la ilusión de ver al hombre de cuerpo de bailarín, la coleta y los ojos de hipnotizador oriental, con el cual iba hablando cada vez con mayor confianza, si bien era de cosas propias del lugar donde estaban: ejercicio, dieta, estiramientos... Hasta que una tarde salieron de allí juntos y se fueron a dar una vuelta y a tomarse un batido de frutas... Otro día quedaron para ir a nadar a una piscina y al día siguiente para ir en tren a la sierra. Acabaron en Segovia, comiendo cochinillo. Llegada la noche, perdieron el tren un poco adrede. La velada fue un tanto loca, como de chiquillos que salen por primera vez, entre confidencias, bailoteos, copas... Algunas copas de más... Se besaron, siguieron bailando y, cuando cerraron todo, no les quedaba más opción que irse al hotel. Se fueron juntos a la cama... en estado de irrealidad y euforia.

Virginia se le queda mirando, suspira y dice con desgana:

—Desde luego, es una historia de lo más simple.

—Di, mejor, de lo más vulgar —suspira a su vez Mavi, resignada—. Es una historia tan cateta como el nombre de Laura White.

La editora endurece la mirada hasta cobrar una fea expresión.

—No empecemos —replica—, ¿eh, Mavi? Dejemos hoy en paz a Laura White.

Ella encaja el reproche con una silenciosa sonrisa. Durante un largo rato ambas permanecen calladas. Hasta que Virginia, astutamente, recomienza diciendo:

—Hay que ver como es la vida... Una escritora como tú, tan imaginativa, ¡tan genial!, enamorada en un gimnasio de un vigoréxico diez años más joven. —Ríe—. Pero, chica, ¡así es la vida! Una cosa es la literatura y otra la realidad. Mírame a mí: me vine a vivir a este adosado para estar en plena naturaleza... Leí un cartel que decía: «Aspira cada mañana el aroma de mil flores». Si abres esa ventana hoy domingo y aspiras, se te meterán en la nariz los olores pringosos de mil barbacoas: pancetas retostadas, chorizos, morcillas... ¡Así es la vida! Tú tal vez buscabas sin quererlo un hombre romántico, misterioso, uno como los de tus novelas; y ya ves: ¡un vigoréxico! Y en un gimnasio, entre vapores resudados.

Mavi se ríe.

—Bueno, Virginia, si lo simplificas así... Alberto tampoco es lo que se dice un vigoréxico. Se cuida, eso es verdad, pero no veo que esté obsesionado —contesta sin vacilar.

—¿Que no? ¿Con ese cuerpo que dices que tiene? ¡Y depilado! ¡Un vigoréxico! Los cuarentones de gimnasio son todos gais o vigoréxicos, chica. A ver si va a ser gay...

—Te aseguro que gay no es... ¡De eso doy fe!

Al oírle decir aquello y ver su contundencia, las risitas crecientes de Virginia revientan en una carcajada y, al reírse, sacude la cabeza de un lado a otro.

—¡Vaya! A mí me parece que amor, lo que se dice amor... El día del cava me confesaste que estabas enamorada; pero creo que aquí hay más sexo que otra cosa... ¿O no, Mavi?

Ella mira un largo rato a su editora y después contesta segura de sí:

—Todavía no sabes de qué va la cosa... Es todo mucho más complicado que eso.

—Pues explícamelo de una vez, ¡joder!

Mavi no se hace de rogar más.

—¡Ojalá fuera todo más simple! —empieza diciendo—. Tan simple como la manera en que conocí a Alberto, una manera, por supuesto, vulgar. Eso sí que no lo negaré... A ver cómo te lo explico, porque no es, desde luego, fácil para mí... —Alarga la mano y coge un cigarrillo de la cajetilla que tiene Virginia sobre la mesa.

—¿Eh? ¿Vas a fumar? Querida, hoy no has tomado nada de cava...

Ella no hace caso a esta reconvención y, después de dar la primera calada y echar ensimismada el humo, prosigue con sus explicaciones:

—Muchas veces he pensado que lo más difícil en esta vida es ser completamente auténtica. ¡Menudo trabajo! El cuerpo y la mente tienen infinitas posibilidades para poder adoptar miles de identidades. Puedes ser esto o aquello; puedes hacer muchas cosas en la vida, vivir en mil sitios, conocer a muchas personas... Pero solo en una de las posibilidades reales encontrarás tu verdadera identidad... Y tampoco eso significa, ni mucho menos, hallar la verdadera felicidad... ¿Comprendes lo que quiero decir?

—¡Claro! —responde Virginia, alegremente y con un tono en cierto modo desdeñoso—. Pero... ¡qué filosófica estás, chica!

—Por favor, tómate en serio lo que te digo. Si me propongo simplificar la cosa, acabaremos concluyendo que todo lo que me ha pasado no es más que eso: una vulgaridad, y que Alberto no es nada más que un vigoréxico.

—Está bien —dice, condescendiente, Virginia—. Perdóname y suelta el rollo de una vez.

—¿Has leído algo de Dag Hammarskjöld?

—¿Cómo? ¿De quién?

—De Dag Hammarskjöld. Fue secretario general de Naciones Unidas y premio Nobel; un pacifista sueco que escribió algunos libros.

—Mavi, ¿tú te crees que yo tengo tiempo para leer otras cosas fuera de todo lo que tengo que leer en la editorial? Además, tú lees unas cosas más raras... A ver, ¿qué dice ese Hamm...?

—Hammarskjöld. Escribió un libro que se titulaba *Marcas en el camino*, está publicado en español por Seix Barral. En él decía algo así: nunca encontrarás tu vocación en la vida, tu identidad y su cumplimento mientras no hayas excluido todas esas posibilidades superfluas y efímeras del ser y del actuar que vas experimentando por pura curiosidad, por asombro, por codicia, por rutina... y que te impiden echar a andar en la experiencia del misterio de la vida y en el conocimiento y el talento que se te confía, que es solo tuyo; que es tu yo más verdadero... ¿Has oído? «Tu yo», «tu yo más verdadero».

La editora se le queda mirando y, con cierto tono de sorpresa, exclama:

—¡Chica, qué profundidad! ¡Qué prosapia! ¿Y todo eso...? En fin, ¿qué tiene que ver todo eso con que te hayas enamorado en un gimnasio?

—¡No te rías de mí! ¿No lo comprendes? Es bien sencillo: voy a cumplir cincuenta años y creo que es una edad lo suficientemente madura y adecuada para hallarme de una vez a mí misma, para encontrar mi verdadera identidad, ¡mi yo! Todos vivimos buscando ese único modo posible de ser, el de la autenticidad. Quizás durante la adolescencia y la juventud somos más conscientes de esa búsqueda de nuestra identidad. Es en esas edades cuando todos probamos diversas identidades, lo mismo que nos probamos ropa, buscando aquello que deseamos representar a los demás... ¿Comprendes? Es como en un teatro, o en diferentes teatros: adoptamos papeles en la vida... El problema es que nos metemos tanto en ellos que luego, cuando han pasado esas fases de la vida, los adultos no podemos evitar sentir que todo ha sido un fraude, una figura exterior, y que no estábamos viviendo vuestra propia vida, sino la apariencia; es decir, la vida que los demás querían ver en nosotros... Pero eso, cuando una va a cumplir cincuenta años, está cansada de estrategias y de máscaras... Y si ahora, en este momento, no te propones ser tú, ¿cuándo lo vas a hacer?

Virginia se levanta del sofá, pensativa, y camina unos pasos por el salón.

—¿Adónde vas? —le pregunta Mavi—. ¿Qué te pasa? ¿Te aburro?

Después de lanzarle una mirada llena de confusión, la otra responde:

—Necesito un whisky; yo no puedo meterme en esas disquisiciones sin un trago... ¿Quieres tú uno?

SEIS

Es 10 de mayo, y Mavi y Alberto se encuentran en Ibiza pasando cuatro días juntos. La última mañana, al entrar en la habitación del hotel después de un paseo, él la halla sentada en un sillón en la pequeña terraza, con las piernas cruzadas, el cuerpo arqueado y la cara cubierta con las manos. Llora amargamente, con sollozos convulsivos; los cabellos negros y brillantes le caen en desorden sobre la frente.

—Mavi, Mavi, ¿por qué lloras? —le pregunta Alberto, lleno de preocupación—. ¿Por qué estás llorando? —repite, yendo hacia ella para abrazarla.

—Por nada..., por nada... —se apresura ella a contestar, retirando una mano de su cara, haciéndole señas de que se marche—. ¡No! No es nada... Por favor, déjame... ¡Déjame estar sola!

—Pero... ¡Mavi...!

—Déjame sola, por favor... No es nada...

Alberto sale lleno de turbación. Mavi entonces se enjuga las lágrimas y, cuando sus ojos se han aclarado, contempla el mar, espléndido y admirable, mientras el corazón vuelve a oprimírsele dolorido...

Una hora después, baja a la playa, peinada, vestida con una amplia camiseta y debajo el bikini. Su rostro parece sereno y ya no hay en él señal alguna del anterior llanto. Pero, no obstante, es visible en ella un cierto aire de tristeza. Camina lánguidamente por la arena hasta la tumbona donde Alberto se ha quedado dormido, y se echa a su lado.

—¡Eh, Mavi...! —exclama él al despertarse, descubriéndola allí.

Ella le besa y eso hace que en él se diluya la turbación. A pesar de lo cual, no puede evitar preguntar:

—¿Qué te pasaba, Mavi? Me has tenido preocupado...

—No, no puedo hablar. Perdóname, ha sido una tontería...

Él suspira resignado, se pone en pie y va hacia la orilla para darse un baño. Ella le contempla, disfrutando al descubrirle tan esbelto, la piel color té, el elegante movimiento mientras se zambulle en el agua... En los primeros días de aquel viaje, el lustre, la sustancia, el olor de aquel cuerpo moreno habían abrasado sus sentidos, y seguían ahora ejerciendo sobre ella el mismo intenso efecto, mucho más poderoso que el resquemor que tenía por dentro y otras fuentes de incurable dolor. A sus cuarenta y nueve años, esta caída del caballo le aportaba una emoción apenas menor que el día en que Alberto se inclinó sobre ella y la besó, dándole después a poseer toda la ternura y el ardor que le pertenecían... Ella le enlazaba, le acariciaba, le hacía cosquillas y se aferraba a él como los pámpanos de una enredadera se abrazan a una firme columna... Apretando cada vez más, estrechándole cada vez más...

Seguramente por eso había llorado en la terraza de la habitación esa mañana; porque la contemplación del mar, enorme e inabarcable, le había producido una impresión insufrible, como una desazón; la angustia de todo aquello que no se puede poseer por completo...

* * *

Esa noche, después de la cena, Mavi abre su ordenador portátil en la habitación del hotel y, entre otros emails, se encuentra uno de su editora.

De: Virginia Cueto Villar. Editora «vive@ediciones-plantel.es»
Fecha: 10/05/2012 18.21
Para: Mavi de la Vega «mavivega@artebook.org»

Mavi, me tienes preocupada... Hace una semana que no sé de ti... ¿No has visto mis llamadas? ¿Cuándo vuelves a Madrid?

Perdona, pero te recuerdo que tienes pendientes firmas en diversas ferias del libro: Sevilla, Oviedo, Zaragoza, Valladolid, León, Badajoz..., algunas entrevistas en radio y algunas cosillas más...

Y lo más importante: tenemos que hablar de la entrega del manuscrito de la nueva novela. Ya está preparado el contrato.

Dime algo, por favor.

PD. ¿Qué tal con Alberto? ¿Has tomado alguna decisión durante estos días? Ya sabes, si quieres me lo cuentas... Solo si quieres y tienes ganas de hablar de ello...

Un besazo. Virginia.

De: Mavi de la Vega «mavivega@artebook.org»
Fecha: 10/05/2012 23.30
Para: Virginia Cueto Villar. Editora «vive@edicionesplantel.es»

Hola, Virginia,

Tenía pendiente llamarte o enviarte un email. Discúlpame. No es que se me haya pasado, es porque no he tenido demasiado ánimo para el teléfono o el correo electrónico. Quería desconectar... Me comprendes, ¿verdad? Pero no te asustes; estos cuatro días, aunque raros, han sido maravillosos para mí. He estado demasiado bien... Y también pensando mucho en mis cosas. Lo necesitaba...

No te adelanto nada ahora sobre lo que ya sabes... No me gusta anticipar los argumentos de mis novelas, como tampoco los acontecimientos y las decisiones de mi vida personal. Solo te digo que no he sido capaz de tomar ninguna decisión. Ya hablaremos de todo ello personalmente a mi vuelta.

Una cosa más: por lo que respecta a las ferias del libro de las provincias, piensa que a finales de mayo tengo que estar libre para irme a Cáceres. Ayer me llamó Agustín para insistir con lo de las dichosas bodas de plata. Lo hemos fijado para el día 29 de mayo. Aunque va a consistir en una sencilla cena en familia: solamente nosotros, las niñas, sus padres y mi madre. Ni siquiera los hermanos, los cuñados y los sobrinos vendrán; según me ha prometido. Menos mal, porque sería horrible una de esas reuniones con montones de amigos, cena, fiesta, copas, baile... Ya sabes que no me gustan esos tinglados. Y como comprenderás, en estas circunstancias, sería un trago horrible para mí...

Mañana tenemos el vuelo sobre las once. Hasta mediodía no estaré en Madrid. Te prometo que te llamaré en cuanto llegue, para quedar y tener una reunión a lo más tardar esta misma semana.

Gracias por preocuparte por mí. Besos. Mavi.

padre con las hijas, con los hermanos, con los abuelos, con los familiares, con los amigos..., y todos han estado de acuerdo en que veinticinco años de matrimonio, hoy en día, es toda una hazaña que merece ser celebrada como Dios manda. Ellos son multitud y Mavi una sola; por mucha personalidad y carácter que tenga, finalmente se avendrá a razones, se plegará al plan sorpresa y acabará pasando un día inolvidable entre toda la gente que la ama.

Pasadas las ocho menos cuarto, el tren entra en la estación y Agustín, emocionado, siente que el ruido le atraviesa el cuerpo: un estrépito esperado, pero turbulento, que parece unirse a sus pulsaciones. Desde la cristalera ve la salida de los primeros pasajeros, que se encaminan por el andén arrastrando sus equipajes. Cuando parece que han salido ya casi todos, empiezan a subir los que van a tomar ese mismo tren. Entonces él se pone todavía más nervioso: no ve a Mavi por ninguna parte. Le entra angustia y empieza a recorrer con la mirada las caras de la tromba que sale por la puerta. Se dice a sí mismo que debe calmarse, que ella viene en el tren y que a la fuerza tiene que pasar por allí, puesto que esa misma tarde, antes de salir de Madrid, así se lo había confirmado por teléfono. Pero eso no le sirve de mucho... ¿Y si le ha surgido alguna entrevista de última hora? ¿Y si ha perdido el tren? ¿Y qué hacer entonces con todo lo que está planeado? ¿Cómo plantearse la fiesta sin ella? Todo está preparado, el restaurante concertado, las invitaciones repartidas, los regalos comprados... Le entra súbitamente un pánico que le deja casi paralizado. ¿Cómo se le ha ocurrido organizarle una fiesta sorpresa a su mujer cuando sabe mejor que nadie que ella es completamente imprevisible?

De pronto, el teléfono vibra en su bolsillo y al momento empieza a sonar de manera estridente. Se teme lo peor. ¿Será ella para decir que no viene? En la pantalla del móvil aparece: «MAVI». Lo descuelga y, sin preámbulos ni saludos, grita:

—¡Mavi! ¿Dónde estás?

Hay un silencio al otro lado...

—¡Mavi! ¿Has perdido el tren? ¡Joder, Mavi...!

—Agustín, estoy fuera —contesta ella, al fin.

—¿Fuera? ¿Dónde?

—Fuera de la estación; en la calle, frente a la puerta principal.

—¡Coño, Mavi! ¿Por dónde has salido? —pregunta él, mientras avanza casi a empujones entre la gente, en dirección a la puerta.

Nada más salir reparte vistazos en todas direcciones, hasta que sus ojos la descubren, quieta, con el teléfono en una mano y sujetando la maleta con la otra... Está pálida y le mira con el rostro desprovisto de toda expresión. Pero los hermosos ojos están muy abiertos; ojos elocuentes, límpidos, cuyo azul oscuro parece casi negro a esa hora: después, una débil sonrisa agita vagamente sus labios y levanta una mano, que mueve con delicadeza.

Agustín, que está más nervioso si cabe aún, alarga la pierna para bajar los escalones aprisa e ir hacia ella.

Y al poner el pie en el suelo, siente una punzada fuerte en la rodilla, en el punto donde, desde hace cuatro días, venía soportando un molesto dolorcillo que le habían diagnosticado como tendinitis leve. De manera que, cojeando, afanado, impetuoso, va hacia su mujer.

—Pero... ¡Mavi! —dice—. No te he visto salir... ¿Por dónde demonios...?

—Por esa misma puerta, Agustín; hace un momento... Ya pensaba yo que no ibas a venir a por mí... A punto he estado de coger un taxi.

—No me lo explico... ¡Ay! —se duele él.

—Agustín, ¡estás cojeando! ¿Qué te ha pasado?

—Ay, nada; no es nada... Una tendinitis de rodilla... Cerca de allí, en el aparcamiento, está el Audi negro.

—¿Conduzco yo? —pregunta ella cuando entran.

—No, no es para tanto; en el coche no me duele...

Ella le mira con extrañeza.

—A ver, Agustín, ¿esa tendinitis de qué te ha salido? Si tú no haces deporte.

—He tenido mucho ajetreo últimamente...

—¿Ajetreo? ¿Qué clase de ajetreo?

—Preparativos..., bueno, cosas... cosas que he tenido que hacer.

Continúan en silencio durante un rato, mientras el coche se aproxima a la ciudad por una transitada autovía.

—¿Dónde es la cena? —pregunta ella al cabo de un rato.

—¡Bah! —responde lacónico él—. Todavía no lo he pensado... Luego lo decidiremos todos juntos; como no somos más que siete personas... ¡En cualquier restaurante! O donde tú quieras, Mavi, donde más te guste...

—¿Y no sería mejor mañana a mediodía?

—Mavi, todo el mundo está avisado ya...

—¿Todo el mundo? ¿Pues no dices que somos siete?

—Sí, somos siete nada más... Pero... pero piensa que mis padres han tenido que venir del pueblo... Ellos ya se han hecho a la idea de que la cena es hoy... Seguro que ya se están arreglando...

—¿Y a qué hora has quedado?

—A las nueve y media.

—¡Uf! Agustín, ¡si falta hora y media! ¡Ay, con lo cansada que vengo!

Él conduce en silencio durante un rato. La mira de reojo y luego le dice con una sonrisilla de medio lado, acercándole la mejilla:

—Mavi, ¿tú te has dado cuenta de que ni siquiera nos hemos dado un beso, mujer?

Ella le besa.

—¡Qué chiquillo eres! —exclama.

* * *

De: Mavi de la Vega «mavivega@artebook.org»
Fecha: 30/05/2012 05.45
Para: Virginia Cueto Villar. Editora «vive@edicionesplantel.es»

Hola, Virginia,

A pesar de que supongo que estarás en la cama y durmiendo, he necesitado ponerme delante del ordenador y escribirte este email... Aunque puede ser que mañana, cuando me despierte, no me parezca tan buena idea como a estas horas, casi a las seis de la madrugada, pero, de verdad, en este momento lo necesito... Me imagino que por descargar mi conciencia, por desahogarme, por comunicar con alguien que no pertenezca a mi mundo de aquí... ¡o qué se yo por qué motivo! Pero creo que me comprenderás enseguida cuando te cuente todo lo que me ha pasado hoy; ya que tú estás en antecedentes, ya que sabes lo que está ocurriendo últimamente en mi vida...

¿Te acuerdas de que te dije que las bodas de plata iban a consistir en una sencilla cena de familia? Eso me creía yo, y la verdad es que no me hacía ninguna gracia cualquier otra cosa. Pues ¡todo lo contrario! ¡Un fiestón! Justo lo que más hubiera temido: cena en un complejo de las afueras de Cáceres, con todo el paquete completo: setenta invitados, menú de boda, tarta nupcial, felicitaciones, regalos, discursos y... ¡un cura! Sí, el padre Martín, amigo de mi madre, que echó las consiguientes bendiciones y un sermoncito sobre la «fidelidad», el «sacrificio», la «abnegación», la «madurez»... ¿Te lo imaginas? Y yo, pobre de mí, aguantando todo eso; cansada, ¡agotada!, perdida, confundida... ¡hecha polvo!

Luego vinieron las copas: ¡barra libre! Y más besos, más abrazos, más felicitaciones, más palmaditas en la espalda... Y ya sabes, viene una que te dice: «Mavi, ¿te acuerdas de cuando...?»; y otro que añade: «Y cuando tal y tal...»; y los demás: «¿Te acuerdas de esto, y de lo otro, y de lo de más allá...?». Y «¡Ja, ja, ja...!» y «Ji, ji, ji...». Y una allí con una cara de tonta, sintiéndose la persona más falsa y más hipócrita del mundo... ¡Dios, qué tortura!

Pero la cosa no acababa ahí... ¡Había más sorpresitas todavía! Como a las dos de la mañana, cuando ya estaba todo el mundo más que animado y yo con un montón de copas de cava encima (confieso que para pasar mejor el trago), van y ponen el salón en penumbra, sale mi hija mayor, coge el micrófono y nos manda sentar... ¡Horror! ¡Una pantalla! ¿Sabes a qué me refiero?

¿No te ha pasado alguna vez? ¡Un dichoso montaje de PowerPoint!

Empiezan a sonar las canciones de toda la vida... y se empieza a ver la vida toda en fotos y vídeos... ¡Nuestra vida! ¡Mi vida! Allí estaba yo con mis coletas, mi cara de repipi, mi uniforme del colegio y mi cartera; allí estaban la adolescencia lánguida, la pavera, las espinillas, la cara de tonta... Y mis abuelos, mis queridísimos abuelos a los que yo entonces veía tan ancianitos y que resulta que eran unos pimpollos de poco más de cincuenta años; casi mi edad de ahora... ¡Y mi padre!, tan apuesto, tan elegante, fumando, bebiendo, riendo, lleno de vida y de juventud... Los días de campo, las celebraciones familiares, los veraneos, el cortijo, la vieja casa, las viejas tías solteronas, las comidas, los cumpleaños, las bodas, las primeras comuniones, los bautizos...

Y de repente, Agustín... ¡Qué impresión! Era guapo con ganas, era demasiado guapo... Qué fuerte era, qué atlético, qué sereno, qué sano, qué natural... Con aquellos vaqueros marca Wrangler, la camisa blanca sencilla, el pelo negro engominado... Jugando al fútbol, en el río, en la playa... ¡Qué cuerpazo tenía el tío! Y su maravillosa sonrisa... ¡Siempre sonriendo!, en todas las fotos, en todos los vídeos... También yo, aunque esté feo decirlo, tenía por entonces un tipazo...

Apareció nuestra juventud: la universidad, los amigos, las acampadas, las juergas... y nuestro viaje a Grecia; aquel viaje que hicimos justo antes de casarnos y que supuso el mayor disgusto de su vida para mis padres... ¡Qué tiempos!

Esos dichosos PowerPoint son lo peor que se ha inventado. Es como una experiencia de esas, ¿sabes a qué me refiero?, «experiencias cercanas a la muerte», cuando la gente se muere y ve un túnel, una luz y toda tu vida pasándote por delante... ¿Y qué te falta mirando esas fotos antiguas...? ¡Llorar! Llorar a moco tendido, porque todo pasa, porque todo pasó ya: la maravillosa infancia, la adolescencia, la juventud... ¡Todo se fue! Y piensas: ¿dónde están aquellos días, aquella luz, aquellas ansias de vivir, aquel amor del que tanto se hablaba...? Y en un torrente de lágrimas, solo puedes gemir: «¡Por qué, por qué, por qué...!».

Menos mal que el montaje finalizó, dejándonos desmadejados y como la zarzamora, llorando todos por los rincones... Y ¡hala!, a olvidar: beber y beber, bailar y bailar... Hasta que una no podía más... La edad es la edad.

A las cinco se acabó el jolgorio. Derrotados, atolondrados, estragados, hemos regresado a casa. Agustín está durmiendo la mona... ¡Menuda se ha cogido! Y yo tengo el alma en vilo y no puedo pegar ojo...

Porque aún me queda por contarte lo peor de todo. Resulta que Agustín me ha regalado un viaje a Grecia, en septiembre, los dos solos; ya lo tiene pagado y todo. Quiere recordar aquel viaje que hicimos antes de casarnos. ¡Le hace tanta ilusión! El alma se me cae a cachos... No he podido negarme. Solo me consuela saber que Alberto lo comprenderá... Pero tendré que tomar alguna decisión tarde o temprano.

Siento haberte soltado este rollazo. Lo necesitaba... Perdóname. Besos. Mavi.

Tercera parte

La vida

Uno

—Mejor hubiera sido cenar en algún sitio por el centro de Sevilla... Era lo que tenía previsto: unas cañas, unas gambas; unas buenas gambas, claro; y tapas, con un vinito...

—Sí, sí... —responde Mavi con cierta sequedad, mientras rebusca algo en el bolso—. Pero no ha podido ser... Ya te lo he dicho: me resultaba absolutamente imposible coger el AVE antes de las cinco.

—Ya, pero yo lo tenía previsto... —dice Agustín, impertérrito, abriendo mecánicamente el periódico que reposa sobre su barriga.

Mavi ha encontrado lo que buscaba en su bolso: un caramelo mentolado. Mientras se lo lleva a la boca, se remueve inquieta en el asiento, mirando a un lado y a otro; fijando de vez en cuando sus ojos escrutadores en los demás pasajeros que se van acomodando.

—No están mal estos aviones —masculla de manera casi inaudible, estirando los pies por debajo del asiento delantero, sin dejar de observar los detalles cercanos del aparato.

—Ya te lo dije: no son iguales todas las compañías *low cost*... Además, ¿cómo iba yo a llevarte a Grecia de cualquier manera? Primero me informé bien...

—¡Bueno! —gruñe ella—. Anda que cuando fuimos a Bruselas...

—¡Vaya! ¡Ya salió lo de Bruselas! —replica él, levantando los ojos del periódico para mirar por la ventanilla.

A las nueve de la noche, siendo 15 de septiembre, el resplandor de las luces del aeropuerto de Sevilla se alía con el sol postrero de verano, ofreciendo un declive que matiza con cierta dulzura la hierba amarilla, agostada en los límites de la blanca pista. Los motores zumban ya, y la vibración del aparato pegado al suelo hace que se fundan los contornos.

Mavi lanza un ruidoso suspiro, propagando el aroma a menta y eucalipto del caramelo.

—¡Estoy tan cansada! Creo que nunca antes en mi vida he estado tan cansada como ahora...

Agustín se vuelve hacia ella y la mira con aire indulgente. Hasta ese momento, cualquier observador habría llegado a la conclusión de que elude encontrarse con los ojos de su mujer.

—¿Cómo no vas a estar cansada? No paras, Mavi... Y si no me llego a empeñar en este viaje... En fin, menos mal que al final me hiciste caso, que mi trabajo me ha costado convencerte.

Enseguida comprende que quizás ha sido un error decir esto: los ojos de su mujer han abandonado su empeño escrutador y están clavados en él.

—Mira, Agustín, he tenido que hacer un esfuerzo enorme, ¡increíble!, para adelantar cosas y poder venir... Por eso estoy tan cansada, por eso precisamente... Así que vamos a dejarlo; mejor será dejarlo, no sea que... ¿No hemos quedado en que estaba prohibido discutir en el viaje?

Él contesta con una sonrisa. Extiende la mano y toma la de Mavi, apretándola delicadamente.

—¿No te has dado cuenta —le pregunta— de que no nos hemos dado ni un beso al encontrarnos en el aeropuerto?

Ella le besa con cariño en la mejilla.

—Qué crío eres, Agustín —le dice.

Un instante después, los altavoces dan las órdenes previas al inicio del despegue. Apenas el tren de aterrizaje ha abandonado el cemento claro, Agustín ve por la ventana las alas envaradas en el aire y, bajo un cielo sin nubes, la ciudad allá abajo, neta, como una trama de autovías, avenidas, vías, carreteras..., entre minúsculos edificios que se hacen más minúsculos cada vez, hasta perder cualquier perspectiva y dimensión; quedándose planos e insignificantes en la inmensidad llana de las cuadrículas que forman los campos; ocres, verdes, amarillentos, marrones; y la rareza de las montañas oscuras que escapan de la tierra, y que igualmente parecen enseguida ser nada desde la altura. Los motores funcionan a la perfección y el avión se halla muy pronto aparentemente inmóvil en el espacio, como si disfrazara la velocidad; cuando abajo, como un firmamento repetido, aparece el mar.

A su lado, el aire estático del interior huele a caramelo y se mezcla con el familiar aroma de Mavi: su perfume caro, las cremas y el indefinible efluvio de su cuerpo. Por delante, las luces iluminan las cabezas y los hombros de los viajeros, produciendo destellos en algunos cabellos demasiado brillosos. Dentro el ambiente es pesado, soporífero, en contraste con la transparencia infinita de la ventana. Entonces, como si brotara un rumor demasiado conocido, la respiración de Mavi ha pasado a ser un débil ronquido. Él la mira: el pelo, perfectamente teñido de negro con un ligero tono caoba, cae hacia delante; es un pelo vivo, precioso, que para Agustín adquiere ahora un valor singular, tal vez porque es un pelo que lleva cerca de él muchos años y que sale indemne no obstante del juicio del tiempo; al igual que el cuello, la clavícula fina y el pedazo de piel del hombro que asoma por la camiseta. Mavi duerme igual que siempre, como cuando tenía veinte años. Ella goza de ese privilegio: dormirse en cualquier lugar, bajo cualquier circunstancia y sea cual sea su estado de ánimo. Como aquel día después del entierro de su padre: cuando se hubo retirado la última y fatigosa condolencia, se acostaron y ella pasó al instante de los suspiros a esos mismos ronquidos que ahora disimula el persistente zumbido del avión; unos ronquidos tolerables, como un ronroneo apagado, como de gata indiferente.

Los ojos de Agustín se vuelven de nuevo hacia la ventana. Los azules ya no tienen tanta fuerza. El mar empieza a ser una visión fosca e impenetrable, y el cielo en un extremo del mundo es cárdeno; dejando que se pierda en él un fuego moribundo... Son las diez pasadas y se avecina lo más tedioso del viaje: la noche. Enseguida la fría claridad exterior se apaga y el cristal refleja ya la luz artificial. Mavi ha dejado de roncar, pero se mantiene dormida, con los hombros echados hacia adelante y la cabeza inclinada en una postura imposible. Una arruga graciosa, en la comisura del labio, quiere ser una sonrisa. Él la envidia sanamente: le gustaría tener esa facilidad para desconectarse. En los viajes, por ejemplo, supondría un beneficio impagable. Aunque, por otra parte, en esta ocasión no hubiera deseado quedarse dormido, sino quizás hablar, conversar con su mujer de manera libre, tranquila... Seguramente porque ese era el plan que tuvo trazado al principio en su mente: pasar el día en Sevilla; las cañas, las gambas, las tapas, el vinito, un Pedro Ximénez de postre... Hubieran tenido tiempo suficiente antes de tomar un taxi para estar en el aeropuerto con puntualidad. Habría sido, eso sí, una cena demasiado temprana, para terminarla antes de las siete de la tarde. Y si Mavi hubiera podido coger el AVE de las once de la mañana —que era el programa inicial—, todo habría salido de maravilla: «comida-merienda-cena»; o sea, una maravillosa y dilatada sesión de cañas, gambas, tapas, vinos... ¡Y en Sevilla!

Agustín saborea para sus adentros esa posibilidad frustrada y espanta benévolamente un cierto asomo de rencor hacia su mujer; diciéndose para sus aden-

DOS

—Mavi, Mavi, despierta; estamos llegando... Vamos a aterrizar.

—Hum... —Ella se remueve sin abrir los ojos y adopta una posición aún más difícil: la cabeza completamente inclinada hacia las rodillas; la espalda encorvada y los brazos desmadejados.

—Mavi, el cinturón... ¡Mavi!

—Ay, qué sueño... ¿Qué hora es?

—Las once menos cuarto de la noche.

—Hum... —Ella se incorpora y mira por la ventana: no se ve sino la luz verde intermitente del extremo del ala—. Pero... ¡si todavía es de noche!

—Pues claro. ¿No me has oído? Son las once menos cuarto.

—¿Eh? ¿Y ya estamos en Creta?

—¡En Creta! —ríe él—. ¿Cómo vamos a estar en Creta en una hora y media? ¡Estamos en Barcelona!

—¿Barcelona...? No me dijiste que teníamos que hacer escala.

—Sí, Mavi, sí que te lo dije. Lo que pasa es que estabas con tus cosas y no me prestaste atención.

—¿Y cuánto tiempo tenemos que estar en el aeropuerto?

—¡Bah! Poco menos de una hora...

—¡Ay, una hora! ¡Qué sueño!

—Menos, Mavi, menos de una hora... ¡Anda ya!, no te quejes; que tú al menos te quedas como un tronco. Yo no he pegado ojo todavía...

—¿Como un tronco? Tengo un dolor en el cuello... Y además, ¡estoy tan cansada! Si llego a saber que...

—¿Eh? ¡Mavi, por favor, no empecemos! Dijiste que te hacía ilusión venir.

—Que sí, bobo... Es que estoy cansada... Hazte cargo, he tenido mucho trabajo, ya lo sabes... Y tengo sueño atrasado...

En ese momento, el viraje repentino del avión deja ver allá abajo el puerto de Barcelona y la infinidad de luces de la ciudad. Unos minutos después se produce el aterrizaje.

Cuando un poco más tarde deambulan somnolientos por el aeropuerto, buscando la puerta donde tienen que tomar el siguiente vuelo, Agustín apremia a su mujer, caminando por delante de ella.

—Vamos, Mavi, no pienses que tenemos demasiado tiempo... ¡Vamos, mujer!

—Dijiste que una hora... —Le sigue ella, desmadejada, tirando de la maleta.

—Menos, menos de una hora. ¡Vamos!

Poco después, en la sala de espera, Mavi vuelve a quedarse dormida al instante en una de las butacas.

—Mavi, que no te merece la pena dormirte; que el embarque es dentro de diez minutos. —La zarandea él—. En el avión podrás echar otra cabezada.

—Hum...

El familiar ronquido se oye más allí, a falta del zumbido de los motores. Hecha un ovillo, tumbada entre dos butacas, con las piernas recogidas junto al pecho y la cabeza sobre la maleta, ella duerme plácidamente, ajena a las luces y a los estridentes avisos del altavoz. Agustín la mira y se sorprende al verla así, en posición de decúbito supino, como si fuera una muchacha. Y verdaderamente le parece que lo es: lo atestiguan la lozanía impecable de su piel, el corte de pelo reciente, las facciones agraciadas a pesar de la fatiga y ese aire de inocencia indefensa que solo proporciona el sueño profundo. Está además la informalidad femenina de la ropa: el vaquero hasta media pantorrilla, la camiseta naranja, las zapatillas deportivas... «¡Tan bonita como entonces!», se dice con regocijo.

A él le asciende entonces de sus interioridades una agitación feliz, a la vez que un torrente incontenible de recuerdos, como un lienzo de verano extendido, donde se dibujan escenas, colores, sensaciones, como trazos puros, libres, que retornaran de algún inaccesible rincón, de ese misterioso sitio donde aguardan latentes las imágenes del pasado... Y la iluminación intensa de la sala de espera, a pesar de la cual Mavi puede dormir como un tronco, parece alentar la emoción de Agustín, y a la vez enviarle una señal premonitoria: va a ser un viaje maravilloso; tanto como aquella vez, o quizás más que entonces.

Muy quieto, con la mirada fija al frente, ajeno completamente a la realidad de aquella estancia fría e impersonal del aeropuerto de Barcelona, Agustín se escapa a los familiares refugios de su memoria, veinticinco años atrás, que no siente como un mundo muerto, por más que experimente el placer de estar resucitándolo, lo cual hace cuidadosamente, acercándose de manera gradual a cada momento vivo, aunque temeroso de cometer algún error o de terminar perdiéndose en el deslumbrante laberinto de la locura juvenil.

* * *

Verano de 1989. La cocina del chalé de los padres de Mavi, una gran bronca familiar. La situación era pasmosamente excitante. Parecía que dos invisibles fuerzas, opuestas por completo, se aliaban para sostener un momento decisivo: el de la libertad. Por un lado, estaban los enamorados, los locos, Mavi y Agustín; por otro, los padres. La primera pareja acababa de anunciarle a la segunda que dentro de dos días se iban a ir de viaje a Grecia, que todo estaba decidido, que el anuncio no era una solicitud de permiso paterno, sino el comunicado de una decisión irrevocable.

—Mavi... —había contestado el padre, con voz temblorosa—, ¿tú quieres matarnos?

Por su parte, la madre se había sentado, como deshecha, y miraba a su hija con ojos perdidos. Y mientras, Agustín permanecía alejado, hecho un manojo de nervios, atemorizado por completo y sin atreverse a abrir la boca.

—No lo comprendo, hija —proseguía el padre, llevando la voz cantante en nombre de los dos—. Por más que me lo explicas, no lo comprendo ni lo comprenderé. Me parece una tontería sin justificación posible: irse ahora, antes de la boda, a un viaje al extranjero... ¡Por Dios, Mavi, que os casáis en diciembre! ¿No podéis esperar hasta después de la boda para hacer el viaje de novios? Como todo el mundo, hija; como hicimos mamá y yo en su momento... El viaje de novios, Mavi; eso, el viaje de novios, que por eso se llama así...

—Eso, papá, el viaje de novios, que es a fin de cuentas el viaje de casados... ¿Por qué se le llama «de novios» si es de casados? Viaje de novios es lo que queremos hacer nosotros...

—Hija, no me cambies de términos; es el viaje de novios, te pongas como te pongas, porque estas cosas no las decides tú ni las decido yo; no las decide nadie... ¡Estas cosas son así! Son tradiciones, costumbres de toda la vida de Dios... ¡No te empeñes en verlo todo a tu manera, hija!

Junto a la mesa, la madre emitió un hondo suspiro; se levantó y fue hacia Mavi.

—¡Mavi, Mavi, no seas cabezota! —le dijo—. Escucha a tus padres: es una tontería. Y además, ¿qué va a pensar la gente?

—¡La gente! —gritó ella—. ¡Siempre con la gente! ¿Qué me importa a mí la gente? Las cosas han cambiado, mamá... Ahora todo es diferente...

—Pero hablan... ¡Hablarán, hija!

—Pues que hablen.

El padre permaneció callado un rato, pendiente de Mavi, como si se resistiera a admitir los razonamientos que ella se empeñaba en sostener. Miró luego al vacío, se quitó las gafas y estuvo limpiando los cristales con un pañuelo.

—Es una tontería —gruñó con voz profunda—, una idiotez y una chiquillada...

—Papá, por favor, papá, ya no soy una niña; tengo veinticinco años. ¿Por qué no dejáis que os lo explique? ¿Por qué no atendéis a mis razones por una vez en la vida?

—Tú di lo que quieras, Mavi, pero es una tontería, ¡una soberana idiotez!

—Papá, mamá, sentaos por favor —les pidió ella—. ¿No podemos tratar el asunto con calma? Os ruego que no os pongáis nerviosos.

Los padres se sentaron y Agustín también tomó asiento junto a ellos. Mavi entonces comenzó a explicarse, esforzándose por adoptar un tono sereno y un ademán tranquilo. Les dijo que ese viaje, al final del verano, sería mucho mejor para la pareja que el clásico viaje de novios, después de la boda, para regresar justo al inicio de las Navidades.

—¿No os dais cuenta? Perderemos mucho tiempo: los preparativos, la boda, el viaje, las Navidades... Ya sabéis que no se hace nada en Navidades... Sin embargo, si nos vamos ahora quince días, volveremos a primeros de octubre, podremos preparar la boda y al mismo tiempo seguir trabajando... A Agustín y a mí nos interesa más hacer un receso ahora, al final del verano, y tomarnos unas vacaciones... Sabéis que hemos trabajado duro durante el año pasado y en lo que va de este... Sobre todo últimamente. Las oposiciones han sido muy duras para mí... Necesitamos descansar... Así podremos volver nuevos y ocuparnos con mayor energía de la boda y de todo lo demás.

El padre alzó la cabeza hacia ella.

—No me líes, Mavi... Tú dirás lo que quieras, pero es una tontería. ¡Absurdo! —sentenció.

—¡Pues está decidido! —anunció ella, dando un puñetazo en la mesa, con un golpe que hizo saltar los cubiertos y los platos—. Y no ha sido algo pensado a la ligera. Agustín y yo hemos estado reflexionando día tras día, dándole vueltas y nos ha parecido un plan perfecto. Además, para eso hemos adelantado trabajo y reunido el dinero. No necesitamos que nos deis ni un duro, y creemos que tenemos derecho a tomar nuestras propias decisiones.

La madre meneó la cabeza, haciendo visible su consternación, tras lo cual, como última esperanza, se dirigió a Agustín suplicante:

—Y tú, Agustín, ¿no dices nada?

—¡Él qué va a decir! —intervino el padre, antes de que su yerno pudiese contestar nada—. Él hará lo que diga Mavi, que es quien ha inventado todo esto. O es que no conoces a tu hija...

—¡Papá! —gritó Mavi bruscamente, ofendida—. Lo hemos pensado los dos, ¡los dos!, de común acuerdo.

—Mavi, a mí no me la das —replicó el padre, cada vez más enfadado—. Ni común acuerdo ni... ¡Carajo! ¡Esto es un capricho tuyo! Y nos vas a amargar la boda.

—Mavi, hija —terció la madre—. Tu padre no te dice sino lo que sentimos. ¿Con qué cara vamos a ir a esa boda sabiendo todo el mundo que venís del viaje de novios antes de entrar en la iglesia?

—Ya empezamos... Sabéis de sobra que yo no quería una boda de las de siempre: iglesia, banquete, viaje... No, no quería eso, y si lo voy hacer, es por vosotros, solo por vosotros, por no daros un disgusto.

—Pues nos lo has dado y bien gordo —contestó el padre—. Para esto mejor hubiera sido que te casaras en el juzgado, como querías.

—Sí, ahora que está todo preparado —repuso ella, sulfurada.

—Mavi, hija, razona —le dijo el padre, aflojando el tono y tratando de adoptar un aire cariñoso, no sin esfuerzo—. ¿Qué necesidad tienes de singularizarte? Con lo bien que te ha ido todo en la vida: has sacado las oposiciones de judicatura, eres jueza. A la gente le gusta vernos como personas de orden, serias..., personas que tienen claras las cosas. Si no, ¿cómo iban a confiar en nosotros? Si nos ven hacer tonterías, no creerán en nosotros. Para ser juez, se debe ser cuanto menos serio.

Mavi sonrió, meneó la cabeza y después soltó un suspiro, casi un bufido.

—Vámonos, Agustín —le dijo a su novio—. Está visto que no se puede hablar con ellos.

Agustín miró a sus suegros con aire de circunstancia y en sus ojos asomó casi una súplica de perdón; se encogió de hombros y salió tras su novia.

—Has sido un poco dura con ellos —le dijo luego, mientras caminaban por la ciudad.

—¿Ahora dices eso? ¡Anda! ¿No has abierto la boca allí y ahora me vienes con esas?

—No sé, Mavi, me da...

—¿Pena?

—Sí, me da pena...

Iban por una calle muy ruidosa, con los coches y la gente pasando; pero ella parecía indiferente.

—¡Agustín! —le gritó—. ¡¿No quieres ir?! ¡Di de una vez! ¿Te rajas? ¿No quieres que se haga el viaje? —Él sonrió—. ¡Hablo en serio! —insistió ella—. ¿Te rajas? ¡Habla, Agustín!

—No, Mavi, ¿cómo voy a rajarme? Sabes que estoy deseando ir.

—Pues entonces nada de pena. Ellos han tenido su vida, la vida que han querido, y nosotros tendremos la nuestra, que empieza ahora, Agustín, precisamente ahora.

TRES

Eran muy distintos ya entonces, en su juventud, como también eran diferentes sus formas de verlo todo. Y Mavi y Agustín son ahora, a pesar de llevar juntos más de treinta años, lo que suele decirse polos opuestos. Tampoco en el segundo avión que vuela de Barcelona a Creta, él puede dormirse, mientras que ella está roncando desde que se sentó. Nada se ve por la ventana, nada excepto oscuridad y la solitaria luz verde, parpadeante; pero es inevitable sentir el movimiento, por más que la situación parezca estática. Y de la misma manera que el aparato se desliza en la nada, los recuerdos del insomne Agustín no dejan de deslizarse hacia adelante.

Y en el recordar hay un misterio antiguo: no es capaz de poner en claro cuándo la vio por primera vez. Tal vez fue en alguna de las fiestas de estudiantes, o en la biblioteca. Aunque cabía también la posibilidad de que se hubiera cruzado con ella, fugazmente, en alguna calle. Lo único que podía recordar con certeza es que oyó decir a un compañero de clase que, en el primer curso de derecho, había «una tía superguapa»,

dicho sea con las propias palabras de aquel compañero que se pasaba la vida contabilizando a las chicas de
Cáceres y sacando a relucir sus descubrimientos para
provecho de otros.

—Ahí, ahí está —le indicó luego a la salida, dándole un disimulado codazo.

—¿Quién? —le preguntó Agustín, distraído.

—¿Quién va a ser? La tía, la tía que te dije esta mañana; la de primero de derecho, la superguapa. Esa
es, la del medio.

Mavi iba entre otras dos compañeras; pero no fueron necesarias más especificaciones. La franqueza de
sus rasgos, su risa, el pelo negro, brillante; le parecieron remotamente conocidos a Agustín cuando pasó a
un metro de ella sin dejar de observarla. ¿Dónde la
he visto antes?, se preguntó. No halló respuesta,
como tampoco ahora podía recordarlo. Muchas veces, cuando pensaba en esa duda, acababa concluyendo para sus adentros que seguramente aquel día
en la puerta de la facultad fue la primera vez; pero no
se quedaba nunca del todo conforme: en el fondo de
su alma, sentía, como sintió en ese momento, que ella
le resultaba demasiado conocida, que anteriormente
la había visto, quizás más de una vez, y que incluso
había hablado con ella. Sería tal vez —también se lo
decía— que Agustín la había estado esperando, y que
había pensado en ella con tan ardientes deseos que
se había formado una imagen que luego, sin tener
conciencia de ello, había plasmado en Mavi al verla
realmente.

El caso es que, aunque parezca extraño, el día siguiente... o el otro, volvió a cruzarse con ella casi a la misma hora y en el mismo sitio, flanqueada por las mismas amigas, y en vez de sentir que aquella era la segunda vez que la veía en su vida, se afianzó su convencimiento de que el anterior no fue el primer encuentro, sino que había habido muchos, aunque no sabía ni cuándo ni dónde ocurrieron. Y tomó la determinación, desde aquel mismo momento, de ir directamente a ella cuando se presentase la ocasión, para decirle, con toda franqueza, que la conocía de algo, y preguntarle, sin otro ánimo que salir de sus dudas, de qué se conocían ellos dos.

Por entonces los estudiantes iban a divertirse a una calle del barrio viejo de Cáceres, tan animada y llena de establecimientos que había llegado a conocerse como «la calle de los bares». Conectaba una plazuela pequeña, situada en un alto, con la plaza Mayor; y los viernes sobre todo se convertía en un río de gente que entraba y salía de las tabernas, al ritmo de las canciones que sonaban a todo volumen en las máquinas de discos. Eran aquellos bulliciosos años ochenta...

El local más grande, el que estaba de moda, se llenaba tanto que los cuerpos estaban constantemente en contacto, evolucionando en un vaporoso movimiento, permanente, desde la barra a las mesas o en busca de los pocos rincones donde había espacio. Aquel sitio se llamaba La Bodega, y no era más que eso, una bodega, merced a los grandes toneles que había al fondo y al permanente olor dulzón del vino que se dispensaba en pequeños vasos, rebosantes, y que se vertía una y otra vez al ser transportado, formando en el suelo una enmostada película a la que se adherían los pies. Aquellos vinos, mistela, moscatel, málaga... eran una dulce y fácil manera de alegrarse por diez pesetas, y con ellos dispensaban un plato de patatas fritas, gruesas y bien saladas, para incitar a la bebida, ¡una combinación deliciosa!

Agustín recuerda el cálido resplandor amarillo, las cabezas en movimiento, los hombros y los rostros que atestaban aquel gallinero juvenil; el vocerío, los sonidos, las risas, la locura del fin de semana... Y entre los sones de la música, de repente, él solo veía ya una cosa... Tenía la vista fija en un extremo, en un pelo negro, brillante, y en la piel clara, la chispa de los ojos azul oscuro y el alegre revoloteo en torno de un montón de muchachas que junto a ella perdían toda entidad. Cuando Mavi volvía el rostro hacia un lado, para dirigir a las amigas que la acompañaban sus rápidas y sonrientes miradas, Agustín podía ver la oreja perfecta, el pendiente destellante y un precioso rubor en la mejilla, acaso por el vino... También se fijaba, estremecido, en la manera en que ella se llevaba el vaso pequeño a los labios y cómo parecía que daría un simple y delicado sorbo, cuando, sorpresivamente, lo apuraba de un trago, para luego agitar el negro, suave, femenino lustre de su cabello, como un espasmo, un reflejo de placer...

Si bien no recordaba cuándo la había visto antes por primera vez, Agustín guarda muy bien grabado

154

en su memoria aquel día, aquel momento. No tiene, empero, la certeza sobre si la había estado contemplando todo el tiempo allí, en La Bodega. Pero una imagen es tan nítida como si hubiera tenido lugar ayer mismo: el momento en que, como solía suceder, empezó a irse la gente y a quedarse el establecimiento con mayor holgura; entonces ella, inesperadamente, se volvió de repente y clavó en él aquellos ojos, tan vivos, tan conocidos...

Agustín no era un chico lanzado, pero sintió que estaba sucediendo algo normal y a la vez misterioso. Ahora tenía la impresión de que su encuentro real y su encuentro ideado se hacían uno, hasta convertirse en el único y verdadero encuentro, el definitivo. Entonces no titubeó: anduvo mecánicamente hacia ella, sin sentir cortedad ni reparo alguno, vencida toda su timidez, como impulsado por un yo más fuerte que el habitual... Solo dudó un breve instante cuando ella apartó los ojos para volverse hacia sus amigas. Pero, enseguida, clavó de nuevo en Agustín su mirada sonriente, con un perceptible asomo de sorpresa. Y él, seguro ya, se dijo: «En efecto, la conozco, y ella también me conoce a mí».

De cerca era todavía más bonita. Al resplandor amarillento de La Bodega se había sumado, confundiéndolo todo, la luz azulada de la máquina de discos.

—Oye, yo a ti te conozco de algo, pero no sé de qué —le dijo Agustín con tono sincero.

Mavi ladeó la cabeza, sonrió irónicamente y contestó:

—¿No te parece que ese rollo está demasiado visto?

—No es un rollo para ligar, es la verdad...

Ella se echó a reír.

—No te rías de mí...

Hubo un silencio largo. Mavi y Agustín se miraban fijamente a los ojos. En torno, el bullicio de La Bodega había ido cediendo a un rumor más apacible, con algunas voces y risas sueltas, ruido de vasos, el conversar más bajo, la música...

Ella se puso entonces seria.

—Oye, no me gusta que me miren así, tan fijamente... —dijo en un murmullo—. ¿Tú qué quieres?

—Nada, solo saber si te conocía o no... Porque... porque me parecía que...

Mavi apuró el vaso, sonrió de nuevo y apareció la punta de su lengua para recoger el vino que había quedado en la comisura de sus labios.

—¿Cómo te llamas? —preguntó.

—Agustín, estoy en segundo... en segundo de aparejadores... ¿Y tú?

—Yo me llamo Mavi, estoy en primero de derecho.

—Ya lo sabía, te he visto salir de la facultad de derecho...

—¡Ah! Pues de eso me conoces... ¡Ahora ya lo sabes!

—No, no me refiero a eso... Te conozco de antes... No de la facultad, de mucho antes...

—Pues... pues no sé, la verdad... ¿De dónde eres?

—De Barcarrota.

—¿Barcarrota? ¿Y eso dónde está?

pelo, pulcramente cepillado, negro esplendente, contrastaba con la palidez mate de su cuello y sus brazos. De vez en cuando callaba, se movía con suavidad a los sones de la música y contemplaba largamente a Agustín, con embeleso nada disimulado, mientras una gotita de vino color de miel resplandecía en la comisura de sus labios. También durante algunos momentos cerraba los ojos; los cabellos le caían sobre la cara al agitar la cabeza y la mano volaba hacia las sienes para esbozar el gesto de apartarlos... Entonces le tocaba contemplar a Agustín y, mirando toda aquella belleza, tan cercana, tan cierta, experimentaba de repente esa formidable y siempre gozosa sensación a la que se llama «embeleso».

Un rato después, y todavía sin saber por qué, él caminaba envuelto por aquel revoloteo de muchachas, en dirección al concurrido barrio de la Madrila de Cáceres, donde por costumbre iban los estudiantes entrada ya la noche. Ni sabía dónde se habían quedado sus amigos... Mavi reía y hablaba sin parar. No decía tonterías, no obstante su tono desenfadado y la ironía que él advertía de vez en cuando en sus ojos; al menos a él le parecía que decía cosas importantes. Aunque ahora, casi treinta años más tarde, no pueda poner en pie de qué cosas se trataba. Recuerda, eso sí, el frescor punzante de aquella primera alegría; cómo se sentía vencido completamente por la proximidad de Mavi, por su voz, por su aroma, por aquel pelo negro y brillante... A los cincuenta años sigue encontrando placer en rememorar aquel encuentro, que se le representa no como el primero, sino como el definitivo.

Y aunque parezca extraño, le cuesta más recordar con detalle lo que sucedió después, en aquella discoteca lúgubre y saturada de humo y vapores de sudor. Quizás bailaron... Había un rincón en un extremo de la barra donde, después de pedir algo al camarero, él la descubrió observándole de nuevo. Mavi le miraba de tal manera que parecía reconocer tácitamente el carácter escandaloso de esa mirada. Y Agustín, que se había acercado a ella todo lo que permitía la prudencia de la primera vez, con el corazón saltándole en el pecho, era consciente de estar invadido por la sensación más poderosa, más dulce y más misteriosa que nunca había experimentado. Y seguía diciéndose para sus adentros: «La conozco..., pero ¿de qué? ¿Dónde la he visto antes?».

Tampoco recuerda Agustín la fase de estrategia amorosa. Solo, vagamente, un brevísimo instante de disimulos, movimientos solapados y torpes astucias. No notó en ella el menor sobresalto de repulsión, sino todo lo contrario: un estallido de repentinas caricias, francas y frenéticas; y el rápido encuentro, levísimo y mudo, de sus labios tiernos, todavía casi adolescentes, con la piel más tierna aún de ella. Y así, con sus roces minúsculos y sus manos precavidas, él inauguró aquel amado cuerpo, no obstante el vago pudor, todavía vigente en los años ochenta y las agobiantes naderías de un enamorado tímido.

CUATRO

Dan la orden de abrocharse el cinturón y el avión empieza a descender un momento después. Tampoco se ve nada. Abajo debe de haber solo mar, negro, mar que se siente de nadie, o de todos, y que es una nada sin la claridad prestada de lo alto... El insomne Agustín cierra los ojos, como si ahora pretendiera recuperar lo que durante todo el viaje le ha resultado imposible: dormir aunque sea un instante. Pero el altavoz con las indicaciones, el barullo, el removerse de los pasajeros por la inminencia del aterrizaje y el repentino encenderse de las luces hacen que falle su intento. Incluso Mavi se ha despertado, rezonga y susurra:

—¿Se ve ya Creta?

—No, no se ve nada...

—¿Qué hora es?

—Las tres menos cuarto.

Mavi tiene los ojos hinchados y el pelo revuelto. Lucha por espabilarse y, pasándose la mano por la nuca, dice con disgusto:

—Las tres menos cuarto... ¿Y qué podemos hacer a las tres menos cuarto en Creta? A esa hora no vamos a ir a un hotel...

—No, no merecerá la pena. Sobre las diez de la mañana tomamos el barco hacia la isla de Ios.

—¿Un barco? —replica ella—. ¿Después de este palizón de aviones, un barco? ¿Este es el viaje sorpresa que me tenías preparado? ¡Agustín! Estoy hecha polvo... Yo, precisamente ahora, aventuras y fatigas no es lo que necesito... Quiero descansar...

—Mavi, Mavi... ¿Qué me prometiste?

—No estoy discutiendo, Agustín... Prometí no discutir durante el viaje; y me estoy quejando, nada más. Digo lo que siento; no discuto. ¿O no tengo derecho tampoco a quejarme? La queja es un derecho inalienable...

—Lo sé, sé que estás muy cansada... —la interrumpe él, mirándola sonriente, con indulgencia—. Solamente te pido que aguantes un poco, Mavi. Verás como te alegrarás. Lo tengo todo calculado: a partir de mañana todo será más tranquilo. Y podrás descansar. Ya lo verás.

Mavi también sonríe, hace una pequeña exhibición de gratitud y luego se incorpora para mirar por la ventana, teniendo que desplazar medio cuerpo por delante de Agustín. Él aprovecha, sintiéndose mínimamente aliviado, para plantarle un beso en el pelo negro, revuelto. Ella apenas le presta atención y comenta:

—Se ve el aeropuerto y luces junto al mar... —Después de decir esto se queda pensativa, mira a Agustín, como frenándose antes de ir demasiado lejos, y añade—: En aquel viaje no vinimos a Creta... ¿Por qué no hemos venido en un vuelo directo a Atenas como entonces?

—Porque hubiéramos perdido dos días hasta llegar a Ios. Y si estás protestando por estar una noche viajando...

—¿Yo estoy protestando? A ver si va a resultar que el que tiene ganas de discutir eres tú.

Él la regaña a media voz, sonriendo:

—Nadie aquí va a discutir; así que no me piques...

Durante el tiempo que ha durado esta porfía, el aparato ha tomado tierra. La gente se suelta los cinturones y se abre la puerta. En el exterior, en plena noche, el aire es cálido, ligero. Apenas hay cincuenta metros hasta el edificio principal del aeropuerto, que los viajeros recorren a pie.

—¿Y ahora qué? —pregunta Mavi, mientras tira de su maleta y de su cansancio—. ¿Vamos a estar cinco horas en esa sala?

—Un poco de aventura, Mavi. Podemos ir a ver la ciudad de Heraklion.

—¿A las tres de la mañana?

—Aquí son las cuatro.

—¡Bah! ¿Y qué va a haber a las cuatro de la madrugada por ahí?

—Gente de copas.

—¿Tú tienes el cuerpo para copas?

—Yo tengo un cuerpo buenísimo, a pesar de no haber dormido ni un minuto. Y tú no has dejado de roncar desde Sevilla... Con lo que deberías tener mejor cuerpo que yo...

Agustín habla con calma, sin levantar la voz, sin lamentarse ni amenazar; está resignado, entregado a la permanente queja de Mavi, como si se hubiera preparado para ello a conciencia, desde mucho tiempo atrás. Sabe bien que los viajes son el mejor caldo de cultivo para las peleas de pareja...

—Agustín, dime qué vamos a hacer ahora, a las tres nuestras que son aquí las cuatro.

—Irnos ya hacia el puerto.

—¿Hacia el puerto? ¿Y qué hacemos en el puerto hasta las diez? ¡Son seis horas!

—No lo sé, Mavi. Por favor, ten un poco de paciencia. Cojamos un taxi aquí y luego, en el puerto, ya veremos.

Suben al taxi y, tras un breve recorrido por una autovía solitaria, llegan al puerto. Hay allí anclado un enorme buque con la pasarela extendida hacia el muelle, dejando ver una bodega inmensa. Una larga fila de vehículos, coches, furgonetas y camiones se van aposentando en el garaje interior.

—¿Será ese nuestro barco? —pregunta Mavi—. Podríamos entrar ya y, por lo menos, pasar dentro lo que queda de noche cómodamente.

Van hacia las dependencias portuarias. Las ventanillas están cerradas. No se ve a nadie a quien poder preguntarle. La información con los horarios de salida está puesta en un panel. No hay vuelta de hoja: el ferri hacia la isla de Ios zarpa a las diez en punto.

—¿Y ahora qué? —inquiere Mavi, molesta, con una implacable cara de fastidio—. Yo me caigo de sueño... ¿Qué hacemos durante estas tres horas?

—Vamos —contesta Agustín—. Ya encontraremos donde echarnos un rato. Seguro que habrá algún hotel cerca...

Caminan por las atarazanas del puerto, que están desiertas, escasamente iluminadas. Él va delante, llevando las dos maletas. Ella le sigue, refunfuñando:

—No, si verás como al final nos roban todo lo que tenemos... ¡Agustín, por Dios! Me está entrando un miedo...

Sigue él al frente, sin volverse, caminando cada vez más deprisa, diciendo:

—¿Ves, Mavi? Si hubiéramos traído las mochilas como aquella vez, con los sacos de dormir y las esterillas, ahora podríamos echar una cabezadita en cualquier sitio...

—¿Tú estás en tu sano juicio? ¿En cualquier sitio? ¡Agustín, que ya no tenemos veinte años! Anda, cojamos un taxi y que nos lleve a un hotel...

—Será peor acostarse ahora, para dormir apenas dos horas y pagar una habitación... Nos costará luego más esfuerzo levantarnos y volver al puerto... Los hoteles deben de estar arriba en la ciudad. —Se mete por unos parterres, en un jardín pequeño con árboles medio secos y un césped mal cuidado—. Vamos a echarnos aquí un par de horas —propone, deteniéndose para mirar aquella hierba amarillenta.

—¡¿Aquí!? —protesta Mavi—. ¡Mira, hay cacas de perro! ¡Qué asco!

—Ay, Mavi, Mavi, ¡un poco de espíritu, mujer!

—¿Espíritu? ¡Agustín, tenemos cincuenta años! A mí no me apetece andar tirada por ahí encima de orines y mierdas de perros.

—¡Quién te ha visto y quién te ve, Mavi! ¿Ya no te acuerdas de cuando querías ser jipi...?

CINCO

—No sé a santo de qué has dicho eso —murmura Mavi.

Están en el extremo del puerto, frente a un antiguo dique poco iluminado; cerca hay viejas construcciones, casi en ruinas, y una especie de fortaleza. Agustín se ha echado sobre el cemento del muelle, con la cabeza apoyada en la maleta, y se cubre medio cuerpo con un anorak ligero. Mavi está a su lado, sentada, con las rodillas pegadas al pecho y los brazos rodeándole las piernas. Junto a ellos, flotando en la negrura del agua quieta, hay un par de veleros anclados en una dársena pequeña. Hay silencio y oscuridad. Él quiere dormir, mientras ella ahora está desvelada, incómoda y con cierto asomo de mal humor.

—¿No me has oído, Agustín? ¿A santo de qué has dicho eso?

—¿Qué he dicho yo?

—Has dicho: «Quién te ha visto y quién te ve... ¿Ya no te acuerdas de cuando querías ser jipi?». Pues no sé a santo de qué viene eso ahora.

—Mavi, me gustaría dormir aunque sea un poco...
—responde Agustín, bostezando—. Tú has podido
dormir en los aviones, pero yo no. Dentro de un rato
empezará a amanecer; el sol debe de dar aquí de lleno y nos despertará.

Ella suspira y se frota los ojos; también tiene sueño.
Pero, no obstante, dice:

—Pues yo aquí no soy capaz de pegar ojo. ¿Vamos
a dormir así, en el suelo duro?

—Mejor que en el avión, hechos un cuatro.

Durante un rato, el silencio es total. Luego se oye el
crujir de las maderas de los veleros y el pausado, débil,
lamido del agua, por el casi imperceptible balanceo.

—Claro que entonces quería ser jipi —dice Mavi—.
También lo querías ser tú. ¿Quién no quería ser alguien especial en los ochenta? Son las cosas de la edad,
¿o no? Pero que me lo digas ahora, Agustín, treinta
años después...

—Tengo sueño —murmura él.

—No sé, Agustín, estás muy raro últimamente... ¿A
qué esta nostalgia dulzona? No te enfades, pero a mí,
sinceramente, eso que me dijiste de hacer el viaje con
mochilas, como cuando vinimos a Grecia antes de casarnos, me pareció... No te enfades, por favor. Me pareció una bobada, una chiquillada... Bueno, ya lo he
dicho. ¿Acaso es malo sincerarse?

—Tengo sueño. Mañana si quieres hablamos de
eso, Mavi.

—¿Mañana? Si ya son las cinco y media. ¡Ya es mañana! Será, si acaso, luego...

—Bueno, Mavi, pues luego hablamos. Por favor, déjame dormir un ratito, aunque sea hasta que salga el sol.

Al cabo de unos minutos, él ya se había dormido. Ella en cambio está desvelada, mirando a un lado y otro con desconfianza. Le parece que ve sombras extrañas en todas partes y cualquier leve ruido se le antojan pasos. Teme que aparezca alguien que les pueda robar los equipajes, o que los guardias del puerto los confundan con maleantes y se metan en problemas. Sin embargo, decide aguantar sus miedos y dejar que su marido descanse. Se aproxima a él y se acurruca a su lado, esforzándose por mantener los ojos abiertos.

* * *

Agustín se despierta cuando no ha transcurrido ni una hora. El sueño, aunque breve, le ha reconfortado. Tras el dique que les separa del mar, empieza a haber claridad. Llega un vientecillo fresco y los pájaros se remueven en las copas de los árboles del jardín próximo, iniciando un tímido gorjeo. Junto a él, Mavi emite sus peculiares ronquidos, profundos y serenos. Al final se ha quedado dormida...

Él no se mueve para no despertarla. Y en aquel estado, percibiendo el aire mediterráneo y un lejano y suavísimo rumor de olas rompiendo en alguna parte, no puede evitar el agolparse de sus pensamientos, que conservan aún la inercia de los recuerdos que fueron brotando durante el viaje en avión.

Complacido, pero un tanto avergonzado, Agustín siente una estúpida ternura, un melancólico rastro de calor dejado allí donde el amor juvenil había pasado efusivamente, convirtiéndolo todo en una maraña confusa, palpitante, que le indujo a no vivir durante un fugaz tiempo sino en pos de Mavi; siguiendo los variables designios de su temperamento: sus excentricidades, sus caprichos, sus ideas geniales, sus repentinos cambios de humor... Vivir junto a ella fue durante años un auténtico torbellino. El enamoramiento lo envolvía todo, lo hacía girar, lo arrastraba hasta lugares y situaciones antes impensables. Y él la seguía, adhiriéndose con vehemencia a la pasión con que ella lo hacía todo: comprar, beber, bailar, disfrutar, conversar, discutir... y estudiar. Porque esto último, estudiar, también ocupaba frenéticamente la vida de Mavi durante aquellos años de la universidad. De hecho, Agustín, que siempre fue un estudiante mediocre, no podía evitar en los años posteriores un pensamiento, como una intuición: que le debía el haber terminado la carrera de aparejador al afortunado hecho de haberse encontrado con Mavi, porque, a pesar de que ella era un año más joven, el tener una novia brillante en los estudios le llevó a esforzarse, aunque solo fuera por pura vergüenza. Mavi era, como solía decirse, aplicada; sacaba excelentes notas. Él no lo era tanto, pero se acostumbró a encerrarse a estudiar antes de los exámenes, impelido por la ausencia de ella, que a su vez se encerraba con una responsabilidad envidiable.

Es justo apuntar, sin embargo, que aun siendo Mavi el carácter fuerte de los dos, y estando Agustín tan enamorado, no significaba esto que ella llevase en los inicios las únicas riendas de su relación. Porque, desde el día que se conocieron, la atracción fue mutua. A Mavi también le gustó él, le gustó mucho: los rasgos levemente arrogantes de Agustín, la mirada dura de sus ojos castaños, las pupilas insólitamente grandes, las cejas negras, espesas, las aletas de la nariz pequeña y los hoyitos que se formaban cuando su frecuente sonrisa descubría sus dientes fuertes y centelleantes. Aquellas pronunciadas facciones impresionaron a Mavi desde que, aquel primer día en La Bodega, junto a la máquina de discos, él la miraba fijamente diciéndole muy seguro de sí: «Yo a ti te conozco de algo». Tanto le impresionaban que perdía su aplomo cuando se hallaba en presencia de Agustín, y no podía decir todo lo que le hubiera gustado decir, ni hablar tanto como ella solía en tales circunstancias; y no podía evitar toquetearse el pelo negro, brillante, ni de tratar de arreglarse la abertura intencionada de la blusa blanca sobre su busto inminente y perfecto.

Aquellos años de la universidad transcurrieron con mucha rapidez, como empujados por una ventolera surgida no se sabía dónde, ni cuándo, esa locura que apresura los pasos y los pensamientos de los veinte años, y que un día, como de la noche a la mañana, cesa, dejando en suspenso los sentimientos de persecución e injusticia, las ansias, el ardor, el ensueño..., y da paso a un aire más calmado, más constante, el de los trámites, las obligaciones y las rutinas.

SEIS

—¡Agustín! ¿Qué hora es? —grita Mavi sobresaltada cuando se despierta y ve que es completamente de día—. ¡Agustín, el barco!

—No te preocupes —contesta él—. Son solo las seis y cuarto.

—¿Tan pronto?

—Sí. Aquí amanece antes que en España. Creta está más próxima al oriente.

Ella se incorpora, pensativa. Se coloca el pelo, se recompone la ropa y mira somnolienta hacia los grandes barcos que están anclados a lo lejos. El sol brilla como detrás de un vidrio opaco, un vaho.

—Hace calor —dice.

—Sí, hace calor. Mejor, así podemos bañarnos en el mar hoy mismo, cuando lleguemos a la isla de Ios. Venga, ponte en pie. Iremos andando hasta la ciudad para desayunar.

Un rato después caminan por la calles en cuesta de Heraclión. Todo está desierto: los establecimientos cerrados, los veladores vacíos; el silencio resulta extraño en pleno día, bajo aquel sol pastoso. Se puede ver el calor. La apatía es el único estado posible en medio del aire húmedo y quieto.

Más adelante, a lo largo de una avenida peatonal pavimentada con blancas losas de mármol, se empieza a ver gente. Huele a café recién hecho.

—Mira, allí hay gente sentada —señala Agustín al frente—. Seguro que podremos desayunar.

Es una plaza pequeña, con una fuente tallada en mármol en el medio y, en torno, algunos árboles mustios. Al fondo hay mesas de madera dispuestas delante de las puertas y ventanas de un café grande, donde se ve movimiento de camareros y clientes.

Agustín y Mavi van hasta allí y se sientan el uno al lado del otro, mirando hacia el frente. Hay una calma luminosa, indolente, en la que se mezclan los aromas del tabaco, el café y la humedad de la mañana. Las conversaciones en la sonora lengua griega comienzan a elevarse. Se tiene la sensación de que se va a captar el significado de alguna de aquellas palabras compuestas de sílabas claras, pronunciadas en el familiar tono mediterráneo, pero todo lo que hablan resulta incomprensible.

—Esto tiene su encanto, ¿verdad? —dice Agustín.

—Vamos a tener que estarnos aquí tres horas —contesta Mavi con un resoplido.

—Qué dura eres, Mavi, qué dura. ¿Por qué no te decides a disfrutar del viaje? ¿Por qué no me das gusto? He preparado esto con tanta ilusión...

Ella le mira con una sonrisita boba y afloja al fin su actitud.

—Sí, sí, Agustín, voy a disfrutar. No me hagas caso... —claudica—. Es que he tenido mucho trabajo estos últimos días, ya te lo he dicho...

SIETE

Mavi y Agustín caminan a pleno sol por el muelle, deprisa, hacia la caseta donde se despachan los billetes. El buque es enorme, descomunal, como un edificio de diez plantas, cuadrado y de verticalidad imponente. Las rampas están extendidas y una interminable fila de vehículos, coches, camiones, furgonetas penetran en las bodegas lenta e ininterrumpidamente. También están embarcando ya los pasajeros que son casi todos turistas, mochileros en su mayoría.

Mientras Agustín compra los pasajes, Mavi contempla con ligera inquietud la prosecución de aquel embarque frenético y multitudinario. El sol está ya alto y prodiga una luz deslumbrante, envolvente, que fustiga los ojos. Un mar quieto, de un azul exagerado, se hace omnipresente a lo largo del puerto, y más allá, dispersando destellos en su inmensidad. Ella lanza miradas ora a la mole del buque, ora a los felices viajeros que se hacen fotos, ora hacia la infinitud de aquel mar...

—¡Mavi! ¡Vamos, Mavi! —le grita su marido, sacándola del embeleso que ha logrado al fin embalsamar su mal humor.

Ambos caminan deprisa y van a mezclarse con la muchedumbre bulliciosa que penetra en las fauces del buque. El rugir de los motores es atronador, molesto, estridente, y de vez en cuando viene a unírsele una chillona sirena, con aguda voz de fiera.

—¡Qué jaleo! —retorna a la queja Mavi—. ¡Por Dios, qué ruido!

—Vamos, vamos arriba. Tenemos clase preferente.

Suben por las escaleras, unidos a la barahúnda de los viajeros. El interior del barco es nuevo, limpio, confortable. Hay grandes espacios con asientos tapizados, mesas, una cafetería lujosa y rinconeras con sillones como en un hotel bueno y grande.

Un miembro de la tripulación, con impecable uniforme blanco, revisa los billetes y acomoda a la gente. Amablemente, conduce al matrimonio hasta una sala amplia, llena de butacas orientadas hacia un ventanal gigantesco, cuyo cristal ligeramente ahumado matiza el deslumbrante cielo y permite contemplar el bello mar y las islas lejanas; una visión de ensueño: un precioso cuadro o una pantalla que trae a la vista un imaginario e idílico panorama.

—¡Qué maravilla! —suspira Mavi, dejándose caer en la butaca.

Agustín sonríe a su lado, muy complacido al ver que ella se muestra al fin conforme.

—¿Te gusta? ¿Estás contenta?

—¡Cómo no me iba a gustar! ¡Es maravilloso! Este mar, este cielo, la luz...

—Mavi, ¡como entonces! —dice él, emocionado—. Como hace veinticinco años. ¿Te das cuenta? El mismo cielo, el mismo mar... ¡la misma luz!

El buque zarpa. Una dicha incontenible, como una agitación más feliz aún, le asciende a Agustín por dentro. El ventanal se convierte ante él en un lienzo desenrollado donde dibujar aquellos trazos puros, libres, toscos, de los recuerdos de aquel primer viaje a Grecia que hicieron ambos unos meses antes de celebrar su boda. La luz poderosa del cielo, el azul, el mar alientan su emoción y la risa emerge, inundándole los labios.

—¿Te ríes? —le pregunta Mavi, extrañada—. ¿De qué te ríes ahora? ¿Qué te hace tanta gracia?

—Me acuerdo del viaje...

—¿El viaje? ¿Qué viaje?

—Mavi, ¡nuestro viaje! ¡El viaje que hicimos a las islas griegas hace veinticinco años! ¿Qué viaje va a ser? ¿Por qué estamos aquí ahora si no? ¿No te acuerdas?

—Ah, aquello... —balbucea ella—. ¿Cómo no me voy a acordar?

Procuró Mavi que la última frase sonara menos a disculpa que a confusión sincera. Hace un esfuerzo para sonreír y mira hacia el mar que tienen delante, dejando que sus ojos se pierdan en él, algo velados por una fatiga tenue, por un aire distante, y el azul profundo del iris de sus ojos son como es un pedazo de aquel mar.

Él también mira hacia el horizonte, y luego la mira a ella.

—Mavi, Mavi, ¿estás contenta? —le pregunta—. ¿Te alegras de haber venido?

—Claro, bobo, claro... ¿Cómo no me voy a alegrar? —responde ella, irradiando un humor artificial.

Él ríe de nuevo. Lanza otra rápida mirada al mar e, inmediatamente después, cierra los ojos para retornar a sus felices recuerdos: al viaje de hace veinticinco años; a los momentos previos, los preparativos, los problemas surgidos cuando comunicaron en sus casas que harían el viaje de novios antes de la boda...

Recuerda en especial el momento en que Mavi, durante una larga noche de copas y conversación, le dijo que quería viajar a Grecia antes de la boda. Por entonces, un día antes, ella había hecho una de sus extravagancias: se había cortado el pelo al rape. Esto supuso un gran disgusto para todos.

—¡Mavi! —gritó su madre al verla—. ¡Mavi, por Dios! ¿Estás loca? ¡Cómo has hecho eso! ¡Antes de la boda!

—Me apetecía, mamá —respondió ella, impertérrita, con la arrogancia y la lozanía impecable de su cara limpia, de agraciados rasgos—. Además, esto no es nada raro. Ahora se lleva así el pelo.

—¡¿Así?! ¿Tan corto? ¡Pareces un marimacho!

—¡Mamá, por favor!

De todas las cosas que fatigaban y hacían temblar a Agustín por entonces, nada le disgustaba más ni le ponía tanto a prueba como la relación entre Mavi y su madre. No solo no se entendían, sino que con demasiada frecuencia se tenía la impresión de que se detestaban. En nada parecían estar de acuerdo y a su permanente confrontación se unía el hecho de que aquellos tiempos, los ochenta, eran tiempos difíciles; años de rebatimiento, de rebeldía, para la nueva generación; y en cambio, para los mayores, eran una época de pasmo y alteración. Para los padres de Mavi, fueron años de congoja...

Mavi pertenecía a una de esas familias que todavía llevaban muy a gala los apellidos, los orígenes, los altos cargos y el prestigio ganado por los antepasados.

Los abuelos de Mavi, tanto por parte de padre como de madre, habían sido gente del régimen (del de Franco, se sobreentiende); estuvieron presentes cuando el dictador se asomó al balcón del palacio de los Golfines de Arriba de Cáceres, donde tuvo su cuartel general en 1936 en los comienzos de la Guerra Civil. Después, tras la victoria del Frente Nacional, gozaron de la preeminencia y las facilidades de los que por entonces se unieron al alzamiento. Aunque, para ser más exactos, será mejor decir que siguieron gozando de esa preeminencia y esas facilidades que ya poseían por pertenecer a una clase social privilegiada. El padre era magistrado de la Audiencia Provincial.

No era este el caso de Agustín: muchacho de pueblo, hijo de un sencillo trabajador del campo. Y que, por mayor logro en el exiguo ascenso de su familia en eso que llamamos «la sociedad», contaba con un tío cura.

No obstante esta diferencia de clases entre ellos, Mavi nunca manifestó el más mínimo complejo o reparo a la hora de presentarle a él entre los suyos. Por el contrario, diríase que ella se sentía intrépidamente orgullosa de vencer esos convencionalismos y barreras impuestas en el mundo al que pertenecía. Pero, como se comprenderá, para Agustín no resultó nada fácil adentrarse en ese mundo...

Él ya comenzó a darse cuenta muy pronto de que, igual que se atraían con una fuerza invencible, tendrían que superar algunos obstáculos inicialmente imprevistos. Empezó a percatarse de ello cuando descubrió que a Mavi la gente solía mirarla. Algunos quizás la miraban porque era, como decía el amigo que se la descubrió en la facultad de derecho, «una tía superguapa»; otros, porque tal vez encarnaba a la encantadora chica que les gustaría que les presentaran en una fiesta; pero otros, los más de ellos, porque sabían que era hija de gente importante. Aunque será justo señalar también que unos pocos, entre los que se contaba el propio Agustín, se fijaron en ella por motivos diferentes y misteriosos: porque, revertida de su aura de encantos privilegiados e intencionales, llegaban a intuir que Mavi era una chica que no iba a tener eso que solemos considerar una vida corriente y moliente. Siempre hay quien atisba algo del destino, quien olfatea el futuro y la gloria.

Ocho

Mavi siempre fue un tanto impetuosa. Agustín, en cambio, era más lento para todo; y no porque fuera reflexivo, cauteloso o timorato, sino por motivos mucho más simples: tenía poca imaginación y estaba frecuentemente dominado por una conformidad de índole natural. Ella lo expresaba todo con vehemencia, se ilusionaba, hacía planes, inventaba y mientras le transmitía sus ideas locas, aventuradas, escrutaba la cara de Agustín, convencida de que siempre hallaría en ella un reflejo de su compresión inalterada. Y desde el principio de la relación, él la siguió en todo, no por docilidad de enamorado; verdaderamente, las locuras de Mavi eran capaces de envolver a Agustín de tal manera que al final llegaba a hacerlas propias y a proseguirlas con mayor vehemencia y convencimiento incluso que ella.

Sin embargo, hubo raras veces en las que alguna propuesta le dejó desconcertado por completo. Como cuando Mavi le dijo un día de repente:

—Quiero que conozcas a mis abuelos.

A pesar de la emoción y la intensidad que puso ella en la manera de expresar este deseo, solo encontró esta vez en la cara de Agustín una inexpresividad alarmante. Él acogió la idea con un gesto tan apagado como si el sol que le daba directamente le hubiera absorbido todo el color de su tez morena y saludable. Nada contestó. Ella entonces tuvo que repetirlo, como si creyera que él no había oído lo que le había dicho.

—Agustín, quiero que conozcas a mis abuelos.

—¿A... a tus abuelos? —balbució él, con un parpadeo—. ¿Estás de coña, Mavi?

Agustín la miraba desconcertado de verdad. Se conocían desde hacía un año. Salían juntos, pero no es que pudiera decirse que fueran novios, novios... Por eso a él le sorprendió y hasta le escandalizó que Mavi le propusiera aquello, pero mucho más todavía que añadiese seguidamente ella:

—No, no estoy de coña. Quiero que vengas conmigo este fin de semana a la finca de mis abuelos, a su cortijo, y que pasemos allí desde la tarde del viernes hasta el domingo. ¿Vas a venir? ¿Quieres venir conmigo o no?

Agustín, por un instante, sintió una confusión tan grande que no supo qué contestar ni qué decir ante una propuesta tan inesperada y estrafalaria. Así que, sencillamente, se echó a reír.

—Venga, Agustín, no te rías... ¡Lo digo en serio! ¿Quieres venir o no?

—Mavi, Mavi... ¿Al campo de tus abuelos? ¿A quedarme allí tres días? ¿El fin de semana entero? ¿Y también dormir allí? ¿En el cortijo? ¡Mavi, tú estás loca!

Ella hizo su genuino mohín de contrariedad, el que le brotaba cuando encontraba frente a sí contradicción, incomprensión o desaire.

—No quieres venir —dijo visiblemente dolida—. No quieres darme ese gusto... ¿Qué trabajo te cuesta, Agustín? Dime por qué no quieres venir conmigo a conocer a mis abuelos. ¿Por qué no quieres conocerlos?

—Mavi, no he dicho que no quiera conocerlos. Tampoco he dicho que no quiera ir.

—¿Entonces...?

—No sé... Me da... me da corte, Mavi. Me parece un atrevimiento...

—¿Un atrevimiento? ¡Tú no sabes cómo son mis abuelos!

—No, no lo sé, y por eso me da corte.

—Agustín, mis abuelos no son como mis padres... Ya te he dicho muchas veces que mis padres son unos carcas... Pero mis abuelos, no. ¡Mis abuelos son otra cosa!

—Pero..., Mavi, ¡qué cosas dices! ¿Cómo voy a ir a conocer a tus abuelos si no conozco a tus padres?

Suspirando, ella explicó algo exasperada:

—No me has entendido; no prestas atención a lo que te digo. Mis abuelos son más comprensivos, más enrollados y más modernos..., aunque sean más viejos.

—Sí, Mavi, eso ya lo sé, me lo has dicho cien veces. Pero... ¡pero son abuelos, joder!

—No todos los abuelos son iguales...

* * *

El viaje hasta el cortijo lo hicieron en el viejo Citroën Dos Caballos que el abuelo de Mavi le dejaba por entonces para que ella fuera a verlos de vez en cuando. Los colores despuntaban a los lados del irregular y pedregoso camino, salpicando el herbaje verde. Hacia las laderas de los montes, en medio de la vegetación salvaje, en las húmedas espesuras de alcornoques, reventaban fantásticos cantuesos. Pero el perfume que se elevaba, que dominaba, no venía de todas esas flores, ni de las saturaciones de las orillas de un arroyo quebrado que discurría paralelo al camino. El aroma meloso y a la vez un tanto amargo, penetrante, llegaba de las jaras que se apretaban monte arriba, tan fuerte que embriagaba... desparramándose por aquellos campos. En los llanos, la floración ponía sobre la hierba todas las gamas del amarillo, dando al paisaje un tinte dorado. Se aproximaba el mes de mayo, y había llovido en abril como jamás se tuviera noticias hasta entonces. Pero aquella mañana el sol era una pura luz suspensa sobre el encinar amodorrado bajo la dura claridad del cielo. Un bando de perdices cruzó el camino, por entre las pesadas oleadas de calor que inflamaban el aire.

El cortijo blanqueaba sobre un altozano, un edificio cuadrado, grande, con balcones aparatosos orlados con piedra berroqueña y ampulosas rejerías. Mavi detuvo el coche delante de la puerta. Por las laderas se derramaban rebaños de ovejas, cuyos balidos intermitentes lo llenaban todo, junto al ladrido de los mastines que acudieron pronto, pesados, sacudiendo su modorra. Ella hizo sonar el claxon, casi a la vez que salía gritando:

—¡Abuelos! ¡Abuelos!

Entonces acudió a recibirlos una joven algo mayor que ellos, grandota, desgarbada, con el pelo revuelto color zanahoria y la cara llena de pecas. Mavi ya le había hablado a Agustín de ella: Ciriaca, la hija de los pastores, que casi se había criado en el cortijo y que ahora cuidaba de los abuelos. Poco más le contó de ella, pero recordaba que, en su momento, le advirtió con una enigmática y picarona expresión: «Ya verás como es la Ciri, ya verás...». La manera en que dijo esto, y el hecho de que se mostrase reacia a darle más explicaciones, ya era motivo suficiente para que en él se suscitase una gran curiosidad.

—¡Ciri, Ciri...! ¡Ay, mi Ciri! —exclamó Mavi, corriendo a abrazarla como quien se encuentra con alguien muy querido.

Y la pelirroja, con una sonrisa de oreja a oreja y los ojos brillando de alegría, echó a correr hacia ella exclamando a su vez:

—¡Mavi! ¡Mi niña!

Se fundieron en tal abrazo que Agustín llegó a pensar, boquiabierto, que aquella mujerona le rompería a su novia las costillas; tal era la manera en que la envolvía, rodeándola completamente con sus brazos largos y fuertes, apretujándola, zarandeándola, alzándola por los aires y estallándole al mismo tiempo besos sonoros en la cabeza, en la cara, en los hombros y en donde quiera que cayeran sus labios.

Y tras este efusivo encuentro, tomadas de la mano, fueron hasta donde Agustín estaba al lado del coche, tímido, cauteloso, esperando a ver en qué quedaba todo aquello.

—Aquí le tienes —dijo Mavi, señalándole como quien ha traído a casa algo que ha descubierto y de lo que está orgullosa.

La Ciri le miró desde su altura, presentando su corpulencia un tanto hombruna, con cara entre curiosa y distante; se aproximó a él y le extendió la mano.

—Ciriaca Gómez —dijo con formalidad y voz grave.

—¡Anda, tonta! —exclamó riendo Mavi—. ¡Dale un beso!

La Ciri se inclinó con una sonrisa nerviosa y le soltó un medio beso, retirándose inmediatamente de Agustín, como si le hubiera dado calambre.

—¡Qué! ¿Qué te parece? ¿Es como te dije o no? —preguntó Mavi, con aire campechano.

—*Mu* guapo; sí, señor, *mu* guapo... —respondió la Ciri, mirándole socarronamente—. Parece un árabe de las pelis, como tú decías, Mavi... ¡Ja, ja, ja...! ¡Qué cosas tiene la Mavi! Un moro de las pelis... ¡No te jode!

—No, un moro no —la corrigió ella—. ¡Un árabe! Que no es lo mismo... Tú mírale bien, ¿tiene o no cara de llamarse, por ejemplo, Selim?

La Ciri le miró de arriba abajo.

—¿Selim...? ¡Qué condenada Mavi! Selim... —dijo, doblada de la risa.

A todo esto, Agustín estaba asustado, sin saber qué hacer, con las manos en los bolsillos y una sonrisa bobalicona.

Entonces Mavi le preguntó a Ciri:

—¿Y los abuelos?

—A su paseo, como todos los días; esta mañana salieron después de desayunar por la cañada de La Dehesilla... ¡Estarán al caer!

—Pues vamos adentro —dijo Mavi, abriendo el capó del Dos Caballos para sacar los bolsos.

El interior del cortijo era lóbrego, y aún más oscuro al penetrar en él desde la claridad exterior. Un pasillo central, de altas bóvedas, dejaba ver a ambos lados una sucesión de puertas. Ciri abrió la primera a la derecha. Entraron en un gran salón; un espacio cálido, no obstante los techos altos, las paredes sobrias encaladas y el mobiliario, tan antiguo: una mesa de comedor, recia, sobria, con sillas de oscura madera; sillones tapizados en bermellón ajado al fondo, junto a la chimenea de pura piedra; en una alhacena umbría se veían esas vajillas de porcelana blanca, fuertes y desusadas, vasos de vidrio basto y utensilios de cobre; una tinaja ventruda ocupaba uno de los rincones y por único adorno apenas unos cuadros de fotos antiguas y una Sagrada Cena de plata en relieve. Había también algunas encornaduras de ciervo, una cabeza disecada de jabalí y, sobre un aparador, el retrato de un cazador con sus plumas en el sombrero, sus bigotes y la espingarda al hombro.

—¡Ciri, enséñanos el belén! —exclamó de repente Mavi.

—¡El belén! ¿Ahora? —contestó Ciriaca.

—¡Claro, ahora! ¿Por qué no? Anda, Ciri...

—No sé... —murmuró la otra, haciéndose de rogar.

Entonces Mavi se dirigió a Agustín y le dijo:

—Ya verás el nacimiento que monta todos los años. ¡No hay otro igual! —Y mirando luego a ella, le suplicó—: ¡Anda, Ciri, ábrenos el belén!

—¡Vamos! —cedió al fin ella, con apreciable entusiasmo—. Pero os lo enseño porque está el Agustín; porque ya sabes, Mavi, que hasta diciembre...

Salieron de nuevo al pasillo oscuro y Ciriaca metió una llave en la cerradura de una de las puertas. Allí estaba el nacimiento: sobre un complejo tablado se elevaba una sucesión de colinas hechas con cortezas de alcornoque y pedruscos, con un pequeño valle formado en el centro, por donde discurría un caminito de serrín por el que iban María y San José, ella montada en el asno y él caminando, tirado por el cabestro. Un río de agua corría sobre el lecho de un caño de goma cortado a la mitad, descendía de las colinas hacia el valle y hasta formaba una catarata. Caminos cruzados por entre las colinas, pueblecitos y casas aquí y allá, con las ventanas iluminadas; y por todas partes animales, hombres y mujeres... Pero, de forma sorprendente, no solamente había aldeanos y pastores; también en el complejo belén estaban todas las personas que formaban parte de la vida de la Ciri. Ella lo explicaba, excitada, emocionada, con los ojos enrojecidos:

—Ahí están mis padres, el Juan y la Paca, mis hermanas, mis primas...

Esas figuras no eran las mayores ni las más ricas del pesebre. Por el contrario, parecían pequeñas y pobres al lado de las otras: el abuelo y la abuela de Mavi, en el centro de todo, junto al portal de Belén; y también los padres de Mavi, su hermano y sus amigas... Los muñecos, muy toscos, estaban hechos de tela, de barro pintado, de madera, de cera, de plastilina...

—Mira, esa es la Mavi. —Ciriaca señaló a una muñeca Barbie con el pelo negro cortado, que estaba sentada en una silla con un libro en las manos—. Mira, estudiosa, como es ella... ¡Ay, mi Mavi!

El belén del cortijo era su obra maestra, y el blanco de muchos elogios que le dejaban los ojos húmedos. Agustín lo sabía, pues Mavi se lo contó el día antes: la Ciri empezó a componerlo siendo muy niña y, año tras año, aumentaba su pesebre. Y a medida que se hacía mayor, más tiempo le dedicaba, agregándole nuevas figuras, ampliando el tablado sobre el cual era montado, terminando por abarcar tres de los cuatro lados de la sala. Entre abril y noviembre, todas las horas libres las empleaba en los trabajos de montaje, y en diciembre, lo abría al público; a los pastores, a la gente de la aldea cercana, a los familiares y a los invitados de los dueños del cortijo.

—Antes me ayudaba la Mavi —explicó con aire nostálgico—. Pero desde que se hizo moza... ¡Ay, mi Mavi!

—¡Este año, por lo que veo, va a ser enorme! —dijo ella, halagadora.

—Si Dios quiere...

—¡Cuántas cosas nuevas!

—¡Oh... y no sabes cuántas más voy a poner de aquí a la Navidad!

Se echó a reír y fue hacia una de las cajas donde guardaba las figuras. Rebuscó y sacó un muñeco con un gran turbante, preguntando con regocijo:

—A ver, Mavi, ¿quién es este?

—¡Qué bruja eres! —exclamó riendo ella, con cara de complicidad—. ¡Es Agustín!

* * *

En torno al mediodía llegaron de su paseo los abuelos. Todo el cortijo olía al delicioso arroz con liebre que les tenía preparado Ciriaca.

—¡Mavi! —entró exclamando el abuelo.

Agustín se encontró ante él con un caballero de cierta edad, alto, impecablemente vestido de verde oscuro y tocado con un sombrero de fieltro del mismo color. Con él venía una perrita marrón de raza setter, nerviosa, que lo olisqueaba todo. El abuelo andaba con una especie de gracia poderosa; el pelo cano, algodonoso, le caía desde el sombrero hasta las orejas, y su larga nariz huesuda formaba una cuña de sombra sobre el bigote igualmente blanco.

—De modo que este es tu amigo —le tendió la mano, afable—. Este es el estudiante de aparejadores. ¿Cómo te llamas, muchacho?

—Agustín Medina, señor.

—Eso, Agustín, ya nos lo había dicho Mavi... ¿Y de dónde dices que eres?

—De Barcarrota.

—¡Hombre, Barcarrota! De allí es mi amigo Luis Bejarano Sánchez-Tabla, marqués de la Torre Franca, aunque vive en Madrid. ¿No lo conoces? Tienen una finca preciosa: el Toril Bajo...

—Umm... Pues la verdad es que no, señor.

—Claro, muchacho, claro, cómo le vas a conocer; eres muy joven... Tus abuelos a buen seguro lo conocen.

En esto llegó la abuela, sonriente, pero con aire fatigado: una señora de edad incierta, con ojos azul oscuro, como los de Mavi, pero manchados de amarillo en torno al iris. Su cuerpo enjuto, su cutis de pergamino y el estudiado descuido de su atuendo y su cabello rubio sin vida, no restaban nada a su gran elegancia. Nada más entrar soltó su bastón, saludó y se encendió un cigarrillo, echando luego el humo por la nariz, mientras le decía a Mavi con guasa y desenvoltura:

—Sí que es mono el chico, Mavi, hija mía... Pero ¡qué va a tener cara de árabe! Tiene más bien planta de torero. —Todos rieron la ocurrencia y, mientras lo hacían, la abuela le ordenó a la Ciri—: Anda, Ciriaca, trae unas cervezas y unas aceitunas machadas.

Más tarde se sentaron a comer y siguieron hablando divertidos. El arroz estaba buenísimo. El abuelo descorchó una botella de Rioja, escanció el vino, lo miró al trasluz de la ventana, lo olfateó y, tras hacerlo girar en la copa airosamente, lo degustó y sentenció con aplomo y satisfacción:

—¡Perfecto! —Después le sirvió un poco a Agustín, diciéndole—: A ver qué te parece, dame tu opinión, muchacho. Es un gran reserva de las bodegas Muga.

Agustín miró a Mavi con cara de pánico, como pidiendo ayuda, y vio que estaba muerta de la risa.

—¡Abuelo! —dijo riendo—. ¡Si este no entiende ni papa de vino! Tú llénale la copa, pero no le preguntes.

El abuelo, completamente extrañado, comentó:

—¡Qué raro! Con esta juventud nunca se sabe dónde vamos a llegar...

* * *

Esa misma tarde, después de la siesta, fueron a andar por aquellos campos esplendentes, aprovechando el último sol de la jornada. Agustín se quedó asombrado cuando el abuelo le mostró desde una loma sus posesiones: La Mesa Alta y La Mesa Baja, La Dehesilla, El Matojo, La Raposa, Los Pozuelos... En total, dos mil hectáreas en las que pastaban tres mil ovejas. Pero él se quejaba de que todo aquello, por bonito que fuese, no servía para nada más que para generar ruina.

—Un desastre; trabajo, preocupaciones, disgustos y poco más... Ya nadie quiere ser pastor; todos quieren ser señoritos. Y ahí tienes, ¡una pena! Ay, si no fuera por la caza...

Acababa de empezar la era de Felipe González y estaba amargado con aquel gobierno socialista que, según decía: «Iba a poner todo patas arriba».

Los abuelos eran, en efecto, peculiares; en cierto modo, un matrimonio moderno, no obstante la edad. Por la noche organizaron una cena informal en la parte de atrás del cortijo, donde había otro salón grande y otra chimenea. De los techos altos colgaban jamones y chacinas que desprendían el buen aroma del adobo y el pimentón todavía fresco. Abrieron uno de los jamones, pusieron sobre la mesa queso curado, perdices en escabeche y más vino de Rioja, y a los postres dulces con miel. En aquella estancia, vieja y acogedora, debía de ser donde hacían aquellas francachelas familiares de las que Mavi le había hablado tanto a Agustín. Más tarde, el abuelo sirvió unos whiskies, puso música y se marcó un tango con la abuela, mientras la Ciri gritaba:

—¡Olé ahí! ¡Toma ya!

Siguieron bailando y conversando hasta la una de la madrugada, hora en que la abuela le dijo a su esposo, guiñándole un ojo:

—Los viejos a la cama, que mañana hay que ir al paseo de todos los días.

—Solo un whisky más, Visitación, que estamos muy bien con la juventud. Acuéstate tú, que ahora voy yo...

—¡Ni hablar! ¡Que te conozco! ¡Andando, que mañana te alegrarás!

Acabó acatando a regañadientes, mientras les decía a los otros:

—Aprovechaos, hijos, ahora que sois mozos; que la vida va que vuela...

Ellos se quedaron, obedeciendo el consejo. Pusieron música moderna y bailaron como locos; suelto primero los tres y agarrados luego, Agustín con Mavi, mientras la Ciri les miraba embelesada. Hasta que Mavi le dijo a su novio:

—Ahora tú con ella.

A regañadientes, él hizo lo mandado. La canción era de esas melosas, románticas, interminables... Mavi les observaba riendo.

—Cuidado con ella, Agustín, que la Ciri es muy retrechera... —le dijo con sorna—. Mira si lo será que, un día que estaba borracha, me plantó a mí un beso en toda la boca.

—¡Mentirosa! ¡Cabrona! —gritó Ciriaca, yendo hacia ella y fingiendo que la iba a agredir.

Se enzarzaron en una pelea entre bromas y veras a los ojos de Agustín; y él, atónito, no terminaba de dar crédito a todo lo que le estaba pasando en aquel delirante cortijo. Acabado el rifirrafe, jadeante, Mavi le preguntó a la Ciri con una sonrisilla maliciosa:

—¿Tienes por ahí hachís?

—Esperad aquí —respondió la otra sin dudarlo, y desapareció por detrás de una cortina.

—Pero... ¡Mavi! ¿Fumáis canutos? —le preguntó, lleno de confusión, Agustín a su novia en un susurro.

No hubo tiempo para la respuesta, pues al momento apareció Ciriaca liando un porro, con avidez en el semblante... Fumaron y siguieron bebiendo, conversando y oyendo música. Hasta que Mavi se quedó dormida en el sofá. Entonces la Ciri, aguzando sus ojos como un aguilucho, miró a Agustín.

—Tú a mí no me la das —le espetó a bocajarro—. En cuanto saliste del Dos Caballos y te eché encima el ojo, me dije: «¡Toma ya! La Mavi se ha *prendao* de un *pelao*». Porque tú, Agustín, eres eso: un *pelao*. Tú eres de pueblo y no *tas criao* en estos ambientes... ¿Tú qué coño has *votao*? A Felipe, ¿verdad?

—¡Oye, que yo a ti no te he preguntado qué votas! —replicó molesto él.

—¡Eh, no te pongas así! —exclamó ella, soltando una humareda de cannabis—. ¡Tranqui, tío! Que yo te digo ahora mismo lo que voto: a Felipe, ¡no te jode! A Felipe González voto, ¡y qué! Y seguro que no sabes que tu novia también vota al Pesoe... Porque la Mavi es carta cabal. No como tú, que siendo un *pelao* has venido a meterte en corral ajeno...

Se hizo un silencio incómodo para Agustín, que se veía atrapado en una situación tan absurda como embarazosa. Y Ciriaca, creciéndose, le preguntó luego áspera:

—Tío, ¿te la has *cepillao* ya?

NUEVE

La luna, en lo alto de los cielos, ilumina el mar Jónico y los áridos montes de la isla de Ios. Agustín está sentado a solas en la terraza de la cafetería, después de haber tenido una breve y desagradable discusión con Mavi. La situación venía de atrás, de otra bronca más larga y encrespada a mediodía. Todo empezó cuando él propuso que esa noche se apuntasen a una cena romántica, con música griega en directo, que ofrecía un restaurante a orillas del mar, en un pequeño embarcadero. A ella no le pareció buena idea; prefería caminar por la tarde, cenar frugalmente, leer y acostarse temprano. Él se quedó mohíno, callado, contrariado... De momento la cosa no pasó de ahí, pero, más tarde, cuando se estaban bañando en la playa, volvió a salir el asunto y acabaron a voces.

—¡Me estás amargando el viaje! —gritó él—. Todo te parece mal, estás aquí de mala gana, aburrida y distante.

—¡Estoy cansada! Te lo he dicho mil veces, ¡agotada! Solo necesito tranquilidad y silencio; no quiero comilonas ni copas ni bailes... ¡Ya no tenemos edad para eso!

—¡Hasta hace poco te gustaba!

—¡Pues ya no! Y... ¿no habíamos prometido no discutir? ¡Déjame! ¡Déjame en paz!

Durante el resto del día, cada uno había estado por su lado. Hasta la cena, en la que volvieron a discutir tras un intento de reconciliación poco sincero. Mavi se fue a dormir y él se quedó disgustado, tomándose algo en la terraza.

Cuando decide ir a acostarse, se encuentra con que la puerta de la habitación del hotel está entreabierta. Tal vez a causa del calor, Mavi la ha dejado así. Cosa rara, porque ella es miedosa; tiene miedo a los ladrones y a que pueda entrar algún animal. El claro de luna entra por la ventana abierta de par en par. Agustín se aproxima, deja la ropa a los pies de la cama y comprueba por sus ronquidos que ella está dormida. Se siente frustrado. Y se conforma pensando: «Tal vez, la próxima noche...».

Pero, incorporado, sus ojos escrutan la oscuridad. Un hilo de rayo lunar sube por la cama, ilumina un pedazo de pierna. Él fija los ojos, ya excitado... Esperaba dormir esa noche en los brazos de su mujer, y con esa seguridad había ido al restaurante a reservar mesa para la cena romántica. Y junto al deseo insatisfecho, le queda ahora la irritación.

Ve a su lado el bulto del cuerpo de Mavi, la pierna saliendo de la cama... Más que ver, adivina todo lo demás, que es bien conocido para él: la cintura, el vientre, los senos... De pronto, ella se mueve y un pecho salta, casi descubierto. Agustín trata de ver más, mientras acerca a ella la cara y aspira el perfume mezclado con el aroma dulce de su cuerpo...

Un momento después, Mavi se agita de nuevo en el sueño. Él está ya con una mano extendida, casi a punto de tocar el cuerpo dormido. Casi tiembla por la proximidad y el deseo y apenas lo roza en el muslo descubierto. Mavi se sobresalta, abre los ojos, va a gritar, pero le reconoce. Con la mano, instintivamente, busca la sábana y se cubre. Se incorpora a medias y se queda sentada, muy seria, sin decir nada. No trata de esconder el seno, ahora visible a la luz de la luna.

—Perdona, ¿te he despertado? —tartamudea Agustín—. Acabo de llegar ahora mismo...

El deseo sube por su pecho, le aprieta la garganta; sus ojos se oscurecen, el perfume lo embelesa... Él no puede dominarse más, la toma del brazo y con la otra mano busca el seno que parece crecer a la luz de la luna...

Ella se retrae y replica en un susurro:

—No, Agustín, por favor... ¡No!

DIEZ

De: Virginia Cueto Villar. Editora «vive@ediciones-plantel.es»
Fecha: 05/11/2012 13.21
Para: Mavi de la Vega «mavivega@artebook.org»

Mavi, ahora sí que me tienes preocupada... Hace más de dos meses que no sé de ti... ¿No has visto mis llamadas? ¿Por qué no me contestas al teléfono? ¿Por qué no respondes a los emails?

Te recuerdo que tienes pendiente la firma del próximo contrato y una reunión con el director general de la editorial. Y lo más importante: tenemos que hablar de la entrega del manuscrito de la nueva novela. ¿La has terminado? ¿Estás escribiendo?

Ya no es por el asunto profesional nada más. Me tienes muy preocupada personalmente, como amiga. ¿No habrás entrado en una depresión...? Dime algo, por favor.

P.D. ¿Y qué tal el viaje a Grecia con tu marido? ¿Has tomado alguna decisión durante esos días? Ya sabes, si quieres me lo cuentas... Solo si quieres y tienes ganas de hablar de ello... Pero, te lo repito: ¡dime algo!

Un besazo. Virginia.

De: Mavi de la Vega «mavivega@artebook.org»
Fecha: 07/11/2012 23.45
Para: Virginia Cueto Villar. Editora «vive@edicio-nesplantel.es»

Hola, Virginia,

Sé que te parecerá todo esto muy raro y comprendo que estés muy preocupada. Pero debo decirte que han sido dos meses terribles. Tú me entenderás, puesto que eres divorciada y ya has pasado por esto... Finalmente, a la vuelta del viaje a Grecia, me separé legalmente de Agustín y ya estamos con los trámites del divorcio. No ha sido fácil. Yo pensé al principio que se podría hacer todo mediante el diálogo, como personas adultas, cuerdas y racionales... ¡Qué ilusa! Él se puso, literalmente, hecho una fiera. Se ha desquiciado y va a acabar desquiciándonos a todos. Se niega a abandonar la casa; viene aquí con mucha frecuencia, llama a la puerta, me aborda por la calle, me deja mensajes en el teléfono, me envía emails... ¡Una locura!

En esta situación, de momento no puedo ir a Madrid ni a ninguna otra parte, hasta que tengamos la sentencia y se le pueda poner legalmente en su sitio.

Aun habiendo sido jueza, nunca pensé que un divorcio pudiera llegar a ser algo tan complicado, tortuoso y amargante...

Cuando todo vaya recobrando algo de normalidad, te llamaré y trataré de ocuparme de los asuntos literarios.

Gracias por preocuparte por mí. Besos. Mavi.

Cuarta parte

El tiempo ganado

Uno

El tren se detiene en la estación de Atocha con algo de anticipación. La llegada estaba prevista para las once y siete; y cuando Marga mira la pantalla de su teléfono móvil, son todavía menos de las diez. «Qué cosa más rara —se dice—. Es la primera vez que me pasa». Cuando sale del vagón, después de caminar algunos metros por el andén, entra en el gran vestíbulo y ve en el reloj que son las once y cuarto. «¡Qué tonta! —exclama para sus adentros—. Otra vez se me ha vuelto a olvidar que no cambio la hora». La cosa le hace gracia y apresura la marcha, abriéndose paso a través de los cuerpos que vienen en dirección contraria. Por ser una hora punta, la estación está llena de gente y eso acentúa su confusión cuando intenta orientarse en medio de las escaleras, los pasajes y la infinidad de puertas que se abren en todas direcciones. De pronto, sin saber por qué, se para delante de una hilera de pequeñas tiendas y sus ojos recorren extraviados todo lo que se exhibe en los escaparates: bisutería, ropa, marroquinería, baratijas... Algo sorprendida, repara en que nunca se había fijado en aquella suerte de mercadillo. Y solo un instante después, al proseguir su camino, su sorpresa se convierte en sobresalto cuando se topa de frente con un gran cartel, en el que la mira directamente la fotografía de Mavi. De momento, le da un vuelco el corazón y se mantiene con la mente en blanco, como si sostuviera aquella mirada interpelante, inteligente, que asoma desde el rostro a tamaño natural, impreso en inquietante color sepia. Pero luego, cuando puede por fin reaccionar, sale de su pasmo diciéndose: «¡Claro, es por lo de su nueva novela!». En efecto, bajo el busto de Mavi, en grandes letras blancas, puede leerse: «LAURA WHITE. LA ENTRAÑA DEL BOSQUE. SEGUNDA PARTE DE LA FAMILIA Y LA BESTIA».

Desde luego, todo aquello resulta cuando menos raro. Es una casualidad, pero allí, en la estación, entre el estrépito turbulento que forman los altavoces, el ruido de los trenes y la tromba de gente que pasa a su alrededor, es inevitable que Marga se vea traspasada por una cierta sensación de irrealidad, que viene a sumarse al ritmo de sus pulsaciones. Con la emoción, su cabeza parece empezar a llenarse luego con la voz de Agustín, como si dentro le brotara una ráfaga de palabras, sin sentido identificable, que chocan de manera ruidosa con las paredes de su cráneo.

Hasta que, de repente, alguien le pregunta:

—¿La ha leído, señora?

Marga se vuelve y se encuentra con la chica del quiosco de prensa de la estación, que la mira sonriente desde la puerta. De momento no sabe qué contestar, abstraída como estaba, pero luego balbucea:

—No... La verdad es que no he leído la novela de Mavi...

—¿De Mavi...? —se extraña la joven.

—Perdón, de Laura White —rectifica Marga.

—Pues debería leerla, señora. No es por vendérsela, de verdad, es porque es superinteresante. ¡Se la recomiendo!

—¿Sí? ¿Y de qué va?

—De cocaína y demonios.

La sonrisa se heló en el rostro de Marga al decir:

—No creo que me guste...

—¿Que no? Sí que le gustará: ¡es una pasada! Lea, lea lo que pone en la contraportada —le insta la dependienta, alargándole uno de los libros de la pila que está junto a la fotografía.

Marga coge el libro por pura cortesía, saca las gafas de su bolso y lee la sinopsis escrita en la solapa:

Un lugar de Galicia, cercano a la costa, donde una familia normal hace una vida normal, hasta que un misterioso personaje empieza a formar parte de sus cotidianas actividades pesqueras. Ya nada volverá a ser igual: oscuros negocios, narcotráfico, maléficas influencias... Todo ello irá convergiendo en un delirante torbellino que arrastrará a aquella familia a un pozo negro y sin fondo.

Laura White, desde su experiencia como antigua jueza y su perspicacia creadora, nos llevará, en un fascinante juego de ficción y realidad, al más secreto de los mundos.

Cuando ha terminado de leer estas últimas palabras, una gran opresión se aferra al pecho de Marga, mientras se acentúa el ritmo de su pulso, bombeando la sangre en roncos chorros.

—¡Madre mía...! —murmura—. ¡Qué horror!

Se dice a sí misma que debe calmarse; lo cual no le sirve de mucho, pues en su mente se apelmaza un amasijo de sentimientos confrontados. Está excitada y no puede evitar una rápida sucesión de pensamientos.

—¿Quiere la novela? —le pregunta la chica—. ¿La va a comprar?

—¿Eh? ¿La novela...? —balbuce ella.

—Sí, *La entraña del bosque,* de Laura White, ¿la quiere?

—Sí, sí, claro, claro que la quiero. ¿Cuánto cuesta?

—Veinte euros.

Ella abre el bolso, extrae el monedero y le entrega el billete.

—Verá como le gustará —dice la dependienta, poniendo el libro dentro de una bolsa.

Pronto Marga está caminando por la estación, un poco aturdida, uniéndose en una rampa a la multitud anónima, anodina y ausente: hombres y mujeres, altos y bajos, niños y viejos, ricos y pobres, gentes de diferentes razas, vestidos de formas diversas, con caras irrepetibles, gestos irrepetibles, ojos irrepetibles, miradas irrepetibles...; cada uno con su yo, con su mismidad, cada uno él mismo, irreductiblemente...

* * *

A las cuatro en punto de la tarde de aquel mismo día, Marga se halla sentada entre los abogados matriculados en el curso de mediación familiar, prestando atención a la lección que está explicando el profesor. No es la primera vez que asiste a esa clase, correspondiente a las sesiones presenciales que tienen lugar los viernes y los sábados, y le parece que no va a ser la última. No ha encontrado ninguna dificultad considerable al solicitar permiso para asistir como oyente, cuantas veces quisiera, pues el director le dio la bienvenida al enterarse de que iba a hacer el curso por segunda vez. Claro que era un poco insólito asistir dos veces, habiendo superado las evaluaciones con muy buenos resultados; pero ella se explicó ante los directivos del Consejo General de la Abogacía (institución convocante del curso) con la excusa de que necesitaba profundizar en la experiencia y seguir por tanto estas conferencias, a pesar de que ya las había escuchado el año anterior.

El profesor, con su aspecto serio, su elegante traje, su corpulencia, una espesa barba con canas que brillaban tanto en ella como en los laterales de su cabeza, habla pausadamente para los alumnos que forman un atento corro, sentados en sillas con tabla de escritura:

—No nos cansamos de repetir que la mediación es un mecanismo alternativo de resolución pacífica de conflictos, no algo que venga a suplantar al sistema judicial... —dice con tono vehemente—. ¡Nadie debe pensar eso! Cierto es que se trata de algo bastante novedoso en España... Y tal vez por eso, como suele ser habitual en nuestro país con todo lo que es nuevo, se ha creado en torno a la mediación un cierto revuelo, una cierta confusión... y hasta un recelo... Pero esta herramienta de gestión de conflictos, a pesar de ello, se abre camino con fuerza en nuestro sistema jurídico. Y fijaos bien en lo que acabo de decir: «herramienta de gestión de conflictos», porque se trata, ni más ni menos que de eso, una herramienta, término quizás más ajustado a la realidad que el de resolución, que tanto preocupa a algunos...

Después de hacer estas afirmaciones, el profesor se queda callado por un momento, mientras escruta los rostros de sus alumnos, para luego proseguir:

—En los últimos años, la mediación, gracias a Dios, va ganando fuerza en España. Hay todavía, no obstante, quien considera que esta herramienta de gestión de conflictos puede llegar a invadir su esfera de competencias; quienes recelan por tanto y no confían en que llegue a ser eficaz. Otros, por el contrario, ven ilusamente la mediación como la varita mágica que resolverá los graves problemas del actual sistema judicial. Y también están los que se creen que proporcionará mucha labor y ganancia para los abogados, cosa muy importante en épocas como estas, de crisis, de falta de trabajo... Pero yo os digo que seguramente la realidad discurrirá más bien por un camino intermedio, mucho más modesto, pero interesante, beneficioso, adecuado...

»Aunque, si bien hay un ánimo general propicio, hasta ahora, en España la ley va lenta en lo que se refiere a la mediación. Estamos a la espera del desarrollo reglamentario. Es verdad que, en lo relativo a mediación familiar, algunas comunidades autónomas ya han legislado. Por ejemplo, la Comunidad Valenciana que establece en su ley de 2001 que: "La mediación familiar es un procedimiento voluntario que persigue la solución extrajudicial de los conflictos surgidos en su seno, en el cual uno o más profesionales cualificados, imparciales y sin capacidad para tomar decisiones por las partes asiste a los miembros de una familia en conflicto con la finalidad de posibilitar vías de diálogo y la búsqueda en común del acuerdo".

»¿Y en qué consisten esos conflictos? Los conflictos familiares pueden consistir en: separaciones y divorcios, rupturas de parejas de hecho, custodia de hijos, decisiones sobre la patria potestad, modificación de medidas, liquidación del régimen económico matrimonial, ejecución de resoluciones judiciales...

»Todo esto supondrá un gran desahogo si se sabe hacer con efectividad. A nadie se le oculta que nuestro sistema judicial padece un colapso que se ha agravado por la crisis económica. Los recortes, la disminución de los recursos destinados al mantenimiento de los juzgados y el incremento de la conflictividad hacen que la Administración de Justicia no pueda afrontar toda la compleja realidad que generan las sociedades modernas. Los ciudadanos deben empezar a resolver parte de sus conflictos de intereses mediante otros mecanismos más directos. Todos debemos aprender a hacer uso de la mediación y el arbitraje como nuevas herramientas.

Uno de los alumnos levanta la mano.

—Pregunte, pregunte sin miedo, lo que quiera... —le insta el profesor.

—¿Y los jueces? ¿Qué opinan los jueces sobre la mediación?

El profesor agita la cabeza y responde apreciablemente dubitativo:

—Buena pregunta... De todo hay: están quienes recelan y piensan que será una intromisión en el ámbito de la resolución de conflictos. También los que no se pronuncian, permanecen a la espera, a ver en qué queda la cosa... Y también parece ser que son cada vez más los miembros de la carrera judicial que abogan por la mediación. Prueba de ello es la creación de la Asociación Europea de Jueces y Magistrados por la Mediación, que no solamente apoya la herramienta y su divulgación, sino que también recomienda la utilización de dicho medio de resolución alternativo de conflictos en el dictado de las resoluciones judiciales.

»Y es lógico, porque los tribunales se encuentran con litigios largos, interminables, con un recorrido doloroso, con costes económicos y emocionales muy elevados. Y los jueces no solo buscan agilizar los expedientes, lo que es muy necesario y legítimo, sino también el poder conseguir una solución aceptable, la solución más justa y buena, en esos casos donde la escalada del conflicto impide que la sentencia consiga resolver la controversia, porque una parte siempre se sentirá humillada, vencida, tratada injustamente... No olvidemos que aquí la cosa emocional es muy fuerte...

Marga levanta la mano y lanza una pregunta:

—¿Y si el juicio está ya iniciado? ¿Y si se cuenta con una sentencia? ¿Consideraría en tal caso usted legítima la mediación familiar?

—Me alegro de que me hagas esa pregunta, Marga. Se nota que ya hiciste el curso el año pasado. Esa es una cuestión muy importante.

»Lo primero que debe intentar la mediación familiar es el restablecimiento de la comunicación, antes que pretender conseguir la resolución. La primera pretensión ha de ser la mejora de las relaciones entre los miembros de la familia en conflicto... Por eso, incluso una vez iniciado el procedimiento judicial, este puede ser gestionado a través de un proceso de mediación, y no solo durante el juicio de instancia, sino también durante la apelación o segunda instancia. Incluso tras la sentencia, podemos acudir a un proceso de mediación. No hay mejor acuerdo que el consensuado por las partes. Eso es lo que pretendemos, la solución, nada más que eso, intentar la solución.

»No obstante, lo ideal es acudir a mediación antes de que se judicialice en exceso el conflicto. Ya sabemos que la mediación es voluntaria; la voluntariedad es su primer presupuesto; y es aconsejable invitar a las partes con cuidado, con delicadeza, con el fin de que tengan la posibilidad de conocer las ventajas de una solución pacífica y consensuada.

* * *

Pasadas las ocho de la tarde, está a punto de concluir la última conferencia del día. El programa del curso de mediación dispone en sus presupuestos metodológicos un desarrollo «semipresencial», es decir, una parte de la formación se recibe a través de internet, en lo que se llama el «campus virtual», con la ayuda de los docentes y de un equipo dinamizador; y otra parte del curso se imparte mediante formación presencial, que se desenvuelve en clases o sesiones en presencia de los alumnos, las cuales tienen lugar en la sede del Consejo General de la Abogacía, durante dos viernes y dos sábados en horario intensivo de nueve de la mañana a ocho y media de la tarde.

Quien habla ahora es María Mut, profesora de psicología de la Universidad de Barcelona:

—... Siempre será mejor para quien requiera el servicio de un abogado recurrir a un verdadero consejero, un asesor, un guía en su conflicto personal..., aquel que ofrece y explica un abanico de alternativas de solución del asunto presentado, alguien comprensivo y paciente dispuesto a sugerir, de entre todas, la más adecuada solución del conflicto.

»Y no olvidéis nunca que el análisis de la solución al conflicto por parte del abogado mediador consultado deberá ser por tanto mucho más complejo, más laborioso, más humano si cabe...; de tal manera que el consejo y la respuesta que buscan los clientes sean los adecuados, efectivos, eficaces, pacíficos, liberadores...

Dos

Mensaje de Marga

De: Margarita Morales Balsera «margamoba@
gmail.com»

Fecha: 27/06/2014 21.15

Para: María Mut Abreu «mmut@ub.edu»

Hola, María, te pido perdón una vez más si te molesto. Pero ya me vas conociendo y sabes que para algunas cosas soy muy machacona.

Esta misma tarde, al terminar la clase de psicología, me quedé con las ganas de hacerte un montón de preguntas... ¿Por qué no las hice? Pues, sencillamente, porque no quiero resultar pesada. Ya te dije el año pasado que el módulo que impartes en el curso de mediación me ha servido mucho en mi trabajo. Bueno, todo el curso ha sido muy interesante, muy útil, muy adecuado... Pero el módulo de psicosociología y, sobre todo, lo que se refiere al trabajo con las emociones me parece fundamental, sobre todo en la mediación en conflictos familiares.

Gracias, María, de verdad; no es por hacerte la pelota.

En fin, resumiré mis preguntas para no hacerte perder más tiempo:

1. Explicabas hoy, si entendí bien, que llamamos «éxito parcial» en la mediación a aquellas soluciones en que alcanzamos solamente éxitos parciales entre los litigantes. Como, por ejemplo, acuerdos en la custodia, en el régimen de visitas o en algún punto económico; y consideramos «éxito completo» al acuerdo en aquellos casos en que, como resultado de la intervención del mediador, se consigue aunar las voluntades de ambos litigantes en casi todos o todos los puntos en los que estaban enfrentados; es decir, se logra un documento firmado por los dos en el que están plenamente conformes y deciden no volver a litigar ni enfrentarse.

Y pregunto yo: ¿podría darse lo que se llamaría el «éxito absoluto» o «total»? O sea, la reconciliación plena, la paz, la vuelta a la normalidad, el retorno a lo más parecido a la vida de antes de surgir el conflicto...

2. También hablabas en tu clase de lo que llamabas «la necesidad de motivación». Y planteabas que el principal problema que surge en los intentos de mediación es el de seleccionar los casos en que se puede aplicar esta técnica de solución de conflictos familiares. Porque hay parejas que hacen del conflicto su modo de relación; es decir, se instalan en él, como en un estado morboso de odio y reproche, en cuyo caso, las partes no se encuentran motivadas o no confían en el mediador.

Y te pregunto: ¿y si es el mediador quien se encuentra tan motivado que decide insistir? ¿Y si el abogado ve tan clara la situación que opta por intentarlo más de una vez? Por supuesto, sin forzar a las partes. Quiero decir, con cautela, con amabilidad, con comprensión...

Bueno, María, perdona tanta molestia. Y por favor, compréndeme; me parece tan apasionante todo esto de la mediación que ha llegado a convertirse en algo muy importante, cada vez más importante, en mi trabajo de abogada. Lo siento como una vocación personal. Por eso, quiero aprender todo lo que pueda.

Gracias y saludos, Marga.

De: María Mut Abreu «mmut@ub.edu»
Fecha: 27/06/2014 21.50
Para: Margarita Morales Balsera «margamoba@gmail.com»

Hola, las respuestas a tus preguntas, por orden:

1. Comprendo que tú, como mediadora, quieras lograr eso que llamas «éxito absoluto», es decir, la solución total del problema y que la familia vuelva a ser lo que debió ser, sin el conflicto ni la separación ni el divorcio. Eso, Marga, sería ideal. Pero yo me veo en la obligación de decirte que en la mediación se debe ser, sobre todo, realista. El mediador no es una especie de mago con «superpoderes»... Ja, ja, ja... El mediador es un profesional con los pies en la tierra, responsable, racional y templado. Sobre todo, el abogado mediador debe buscar la eficacia del método, más que un idealismo o una utopía. ¿Comprendes lo que quiero decir?

2. La respuesta a tu segunda pregunta va en la misma línea que la anterior. En efecto, el principal problema en los intentos de mediación es la escasa motivación o la falta total de esa motivación en los litigantes. En mi clase de hoy os decía que hay parejas que hacen del enfrentamiento su modo de relación. Cuando surge el odio, se recrean en el conflicto, como si lo necesitaran para descargar sus sentimientos. Por tanto, deben elegirse preferentemente aquellos casos en que se puede esperar la aceptación del método.

Para resumir, te diré, Marga, que el mediador debe ser consecuente con estas condiciones y no empeñarse, a toda costa, en tratar de llevar adelante el proceso de mediación, contra viento y marea, quemándose él y, tal vez, llegando a empeorar las cosas. Creo que lo comprendes, ¿verdad?

Saludos y gracias por tu interés. María Mut.

* * *

Marga acaba de leer la respuesta de la profesora en la tablet. Está sentada en la pequeña terraza de su habitación en el hotel. Detrás de ella, los altos edificios de Madrid quedan iluminados por el último sol de la tarde. Por todas partes bajan palomas volando en picado, llevando en sus alas el polvo de la ciudad. Hace algo de calor, pero sopla una suave brisa de principios de verano.

Ella está pensativa, mirando las palabras que parecen bailar en el fondo luminoso del dispositivo. Por un momento, parece que va a dar por terminada la comunicación, pero enseguida sus finos dedos vuelven a golpear sutilmente la pantalla.

De: Margarita Morales Balsera «margamoba@gmail.com»
Fecha: 27/06/2014 22.10
Para: María Mut Abreu «mmut@ub.edu»

Perdón, María, una cosa más; la última, de verdad.
¿Podrías dedicarme un rato mañana sábado al finalizar la clase? Si no vas a volver enseguida a Barcelona, me gustaría invitarte a cenar o aunque sea solo a tomar algo. ¿Podrás? Es muy importante para mí.
No te molestaré más. Siempre agradecida a ti, Marga.

De: María Mut Abreu «mmut@ub.edu»
Fecha: 27/06/2014 22.20
Para: Margarita Morales Balsera «margamoba@gmail.com»

Claro que sí, Marga. Mañana a las ocho horas, después de la última clase, nos vamos a tomar algo juntas.
Gracias a ti por tu interés. María Mut.

TRES

La psicóloga María Mut es una mujer pequeña, delgada y extremadamente prudente. Se ve que está más acostumbrada a escuchar que a hablar. Diríase que prefiere reservarse su sabiduría y dejar que el interlocutor saque sus propias conclusiones. Solo cuando se le pregunta algo interviene de forma directa, pero con pocas y muy medidas palabras. Marga, en cambio, es un torrente de explicaciones:

—Me duele robarte un poco de tu tiempo —le dice con efusividad a su profesora—. Y no sabes cómo te agradezco que hayas querido cenar conmigo hoy.

Están sentadas frente a frente en la mesa de un restaurante pequeño, en cuya decoración predominan los tonos azules. María Mut tiene un mechón de pelo blanco sobre la frente y unos pequeños e inexpresivos ojos tras unas gafas de montura negra y pesada, que le resbalan por el puente de la nariz y que a cada momento se coloca.

—No me lo agradezcas —responde, mientras ojea la carta—. Más bien debería yo estarte agradecida a ti, pues tenía pensado pasar la noche en Madrid y siempre es mejor cenar acompañada... Además, me interesa lo que me cuentas.

Marga responde a esto con una amplia y complacida sonrisa.

—¡Eres un sol! —exclama—. Gracias, muchas gracias. ¡No sabes qué feliz me hace poder estar este rato contigo! Esto de ser abogada mediadora es para mí muy importante; es una de las cosas mejores que me han pasado en la vida. Y no es que no me gustase mi trabajo como antes... Me siento abogada, y eso no va a cambiar... Pero esto... esto es otra cosa... Es como tener otra ilusión diferente.

—Ya veo que te lo tomas muy en serio —dice la psicóloga, mirándola con agudeza y reflexión—. Eso es bueno, pero tampoco hay que llegar hasta el punto de obsesionarse...

—¡Ah, cuánta razón tienes! —exclama ella, impaciente por seguir con la historia que lleva ya un rato contándole a la profesora para obtener su asesoramiento—. Hasta ahora no me había pasado. He intervenido en cuatro mediaciones y no voy a decir que me tomara las cosas con menos empeño; pero el caso de este matrimonio me tiene en vilo... Es un caso que lo tiene todo, absolutamente todo, siendo además... ¿Cómo decirlo? ¡Original!, eso, original. Porque lo normal suele ser que la mujer reclame al marido; y ya ves, aquí es al revés. Y todo por lo peculiar que es el matrimonio: ella, una mujer exitosa, de familia acomodada, con una buena carrera, con dinero y, encima, escritora de *best sellers*. Él, sin embargo, un hombre más normal y corriente, de pueblo, también con carrera, aparejador, pero con pocos recursos. Después del divorcio, el exmarido se quedó, como suele decirse, en la calle; y encima, le obligan a pasar una cantidad a la familia, aparte de tener que abandonar la vivienda y el despacho que tenía en la misma casa. Después de los juicios, los recursos y demás, él no es capaz de sacar adelante ninguna de las reclamaciones... Los jueces le dan siempre la razón a ella, argumentando que no se ha llegado a probar que la diferencia de ingresos entre los cónyuges tenga su causa directa en el sacrificio asumido por el marido durante el matrimonio, por su mayor dedicación a la familia, ni que ese sacrificio redundara en el progresivo incremento de los ingresos de la esposa. Tanto en el juzgado de instancia como en la Audiencia Provincial se insiste en que él tiene suficiente cualificación y aptitud profesional para llevar una vida independiente desde el punto de vista económico. No se le reconoce pues derecho de compensación ninguno. Por eso me interesa tanto el asunto, porque es atípico. Legalmente, todo está muy claro; hay jurisprudencia y las sentencias están bien argumentadas; pero yo sigo viendo algo de desigualdad; una quiebra personal, demasiado desquicie y... ¡dolor! Demasiado dolor también...

La psicóloga ha escuchado atentamente, circunspecta; se coloca las gafas y pregunta concisamente:

—¿Y no había una infidelidad de por medio? Me dijiste que ella tenía una nueva relación...

—Sí, eso te dije... Pero he sabido que la cosa se acabó. Al parecer era algo pasajero. Eso dicen, pero nadie lo ha podido confirmar... No está probado tampoco. Es verdad que después del divorcio, como te conté, él hizo una locura, dejándola a ella tirada en un pantano, sin coche, sin nada...; y al parecer no estaba sola... Eso a Agustín le hizo enloquecer... Le costó una noche en el calabozo, un juicio y una buena multa. No fue una condena demasiado severa, porque ella retiró la denuncia, pero fue un escarmiento... —Ríe—. ¡Por tonto, por irreflexivo! Ya sabes, los celos... Pero Mavi no debía de estar muy convencida de la relación con su nueva pareja. O quién sabe...

María Mut sigue seria y, de esta manera, con seriedad, dice parcamente:

—Marga, ¿por qué te empeñas en este caso?

—No me digas que no es interesante. Yo veo que se puede alcanzar un acuerdo... La verdad, me da pena de él...

—¿Pena de él? ¿Y de ella?

—También, en cierto modo.

—¿En cierto modo? ¿Qué quieres decir con eso?

Marga se queda pensativa, dulcifica sus bonitos ojos y responde:

—Ella parece una mujer fuerte, fría y segura de sí; pero eso es pura apariencia... Los conozco a ambos desde hace años y yo sé muy bien que siguen necesitándose y que se quieren.

La psicóloga se coloca las gafas y la mira muy fijamente, con severidad.

—Eso es simple figuración tuya. No se deben mezclar los propios sentimientos en la mediación, ya lo sabes —replica, con aire de reproche.

—¿Por qué no? Somos humanos...

—Sí, somos humanos y por ello sensibles a lo que les sucede a nuestros semejantes. Pero no olvides que la mediación es un procedimiento nada más. No dejes que tu imaginación se meta de por medio, porque te puede confundir. La imaginación es mala consejera en estos asuntos.

El rostro de Marga ha cobrado de repente una seriedad inhabitual en ella; hay también en él un aura de tristeza.

—Comprendo —asiente—. Y en cierto modo te doy la razón. Pero aquí, en el caso del que te hablo, más que imaginación, yo le he echado intuición. Y creo que no es lo mismo... —La fija mirada de la psicóloga resulta interpelante y un tanto escéptica. Así que Marga, esforzándose para resultar más explícita, prosigue—: Creo que aquí se puede lograr algo bueno; una solución... Me lo dice el alma... A eso me refiero cuando digo que es cosa de intuición...

—Cuidado, Marga —le advierte la psicóloga—, mucho cuidado con lo que entendemos por intuición... Porque adivinar e intuir son cosas muy diferentes. Intuición es la percepción íntima e instantánea de algo, más bien de una idea o una verdad, tal como si se tuviera a la vista, aunque no aparezca con evidencia.

—¡Qué bien lo expresas! —admite Marga, con una sonrisa—. Pero es precisamente de eso de lo que yo hablo. Después de mis conversaciones con Agustín, creo estar segura de saber lo que les está pasando.

—¿Y qué crees que les está pasando?

Marga piensa muy bien lo que va a responder. Le impone la presencia y los conocimientos de la catedrática y teme no explicarse bien e incluso soltar alguna incongruencia. Y la psicóloga, que parece adivinar estos sentimientos, acaba instándola:

—Vamos, mujer, no te cortes. Creo que es importante que digas lo que piensas. Para eso estoy yo aquí: si viera que vas por un camino equivocado, te lo diría inmediatamente. Se trata de aprender, ¿no?

Marga da un sorbo a su cerveza y, en su momento, le viene un repentino deseo de encender un cigarrillo. Pero se aguanta. Cobra ánimos y, al fin, empieza diciendo:

—Creo que esos dos, Mavi y Agustín, hace ya tiempo que no se veían; vivían juntos, hablaban, comían juntos, se acostaban juntos y se miraban, pero se miraban sin verse... Porque yo estoy convencida de que hay gente que se mira, pero que no se ve. ¿Comprendes lo que quiero decir?

—¿Me hablas de un problema de comunicación entre ellos? —pregunta circunspecta la catedrática.

—Te hablo de algo mucho más profundo, algo a nivel más íntimo, a nivel espiritual más que afectivo. ¿Me permites que te lo explique a través de un pequeño cuento?

—Claro, mujer. Explícate mediante todo aquello que te parezca oportuno y que nos sirva para entendernos. Aquí se trata de hallar luz en el caso.

—¿Tú has oído hablar de Nasrudín? —le pregunta ella con la cara iluminada por un aire de inocencia y placidez.

—¿De Nasrudín?... Supongo que te refieres al personaje protagonista de muchos relatos populares de Oriente.

—El mismo. A mí me gusta mucho leer los cuentos de Nasrudín, porque te ayudan a pensar y a vivir.

—Sí, claro —dice con tono irónico la catedrática—. Pero, ojo, porque todo eso es simple autoayuda...

—¡Bueno, será lo que sea! —replica Marga, cambiando su expresión por otra algo alterada—. Sí, autoayuda. Ya sé lo que pensáis los psicólogos eminentes de eso... Pero, para los que somos más ignorantes en la materia, se trata de ayuda al fin y al cabo. ¡Ayuda para vivir! Que no es fácil; eso tú lo sabes mejor que nadie por tu profesión: la vida tiene su miga...

—Disculpa, Marga —dice la psicóloga respetuosamente—. No he pretendido ofenderte ni minusvalorar tus opiniones. Tienes razón cuando dices que todo lo que ayuda a vivir es útil. Y no pretendía resultar pedante ni prepotente... Es verdad que los psicólogos somos un tanto escépticos con los libros de autoayuda. Pero no es mi caso. Yo pienso que hay cosas bastante oportunas en algunos de esos tratados tan de moda. Pero, por favor, dejémoslo y volvamos al punto donde estábamos. ¿Qué cuento es? ¿Qué le pasaba al tal Nasrudín?

—Seguro que lo conoces. Es muy simple, pero muy ilustrativo. Resulta que una noche, a altas horas, Nasrudín se encuentra dando vueltas alrededor de una farola, mirando al suelo. En esto pasa por allí un vecino y le pregunta: «¿Qué buscas, Nasrudín? ¿Has perdido algo?». Él le contesta: «Sí, he perdido la llave de mi casa». El vecino, amablemente, se queda entonces con él para ayudarle a encontrarla. Pasado un rato, una vecina les ve y pregunta: «¿Qué os pasa? ¿Qué buscáis?». El vecino contesta: «La llave de Nasrudín». También ella, solidaria, se queda para ayudarles a encontrarla. Y luego más tarde otro vecino que pasa se une a ellos para mirar bajo la farola. Juntos, los cuatro buscan y buscan. Hasta que acaban cansándose... Entonces uno de los vecinos le dice a Nasrudín, exasperado: «Llevamos ya demasiado tiempo buscando. ¿Estás seguro de que has perdido aquí tu llave?». Nasrudín responde: «No, la perdí dentro de mi casa». Los que le ayudaban a buscar se le quedan mirando, enojados, confundidos, y la mujer pregunta: «¿Y por qué la estamos buscando aquí, bajo la farola?». Nasrudín, tan tranquilo, responde: «Mi casa está muy oscura; en cambio, aquí hay luz. Por eso pienso que es aquí donde debo buscar».

María Mut se echa a reír, aunque comedidamente.

—Sí, la verdad es que es un cuento ilustrativo —admite—. Lo importante no es lo que buscamos en la vida, sino cómo lo buscamos, dónde lo buscamos y con quién lo buscamos. Es una metáfora sobre la personalidad y la confusión del yo. Lo había leído, pero ya no lo recordaba.

—Eso es —dice Marga—. A mí me hace pensar en si tal vez estamos buscando algo en la vida en el lugar equivocado. ¿Cuál es, a fin de cuentas, la llave de nuestra liberación y de nuestra plenitud? ¿Comprendes a qué me refiero? Muchas relaciones funcionan porque buscan juntos en el lugar donde hay luz. No se trata de encontrar, sino de buscar... Porque... si el matrimonio se ha quedado a oscuras, si la pareja está en la ofuscación, ellos ya no se ven; no se ven las caras; están juntos, pero no se ven... A eso me refería cuando te dije que Agustín y Mavi ya hace tiempo que habían dejado de verse.

—Me parece una teoría muy acertada —dice con rotundidad la psicóloga—. En el psicoanálisis se pretendía buscar en la niñez y en el proceso a la adultez la cuestión crucial de si se es amado o no, y más específicamente aquello que se llamó la respuesta a la frustración interpersonal. Hay un libro clásico que viene a decir lo mismo que el cuento de Nasrudín; aunque, por supuesto, de manera más científica. Es lo que expuso Harry Guntrip en *Schizoid Phenomena, Object Relations and the Self*: la teoría del psicoanálisis supuso explorar comportamientos, estados de ánimo, síntomas, conflictos, impulsos eróticos, agresión, miedos, culpa, estados psicóticos y neuróticos, etapas de maduración, etc. Todo ello es importante, naturalmente, pero, de hecho, es secundario con respecto a lo fundamental, que es el núcleo de la persona como tal.

El factor que está en la raíz de todas las pasiones y fracasos: la percepción de la pérdida del ser, lo que yo llamo la «ceguera óntica»; la sensación de no ser nada ni para ti ni para aquellos a quienes amas; el oscurecimiento de la propia vida y la falta de luz...

»Esto es muy importante para la mediación. El diálogo que inicia el mediador comienza como un encuentro entre dos extraños, sobre los cuales se habrá de incidir hasta reconducirlos. Esta situación pronto da lugar al mutuo involucramiento... En ese momento, las partes en conflicto, si bien no son extraños totalmente el uno para el otro, tampoco ya se comprenden entre ellos... Existen importantes áreas de su experiencia mutua que han sido secuestradas de la relación, operando desde lo inconsciente... ¡He ahí el trabajo psicológico del mediador! De esta nueva situación, de la ceguera del conflicto, ha de rescatarlos por medio de la interpretación. Se tratará de una operación intelectual para que puedan volver a encontrarse, aunque ahora en la nueva situación planteada, en el conflicto que se debe encauzar. El mediador, actuando a la manera de un puente, los unirá y los separará a la vez, pasando por encima del abismo de su mutuo extrañamiento... En esta situación, sus defensas los alejarán, pero dejarán poco a poco de ser a la vez objetos por completo ajenos; hasta que hallemos la única forma de reunir estas dos visiones incompatibles en un todo armonioso... Cuando tenemos éxito en este proceso, logramos pasar a un nuevo entendimiento intersubjetivo, en el que el otro se torna nuestro semejante y en el que logramos comprenderlo empáticamente. A esto Kohut lo denominaba la "inmersión empática total". Es decir, meterse tanto en el problema que al final es propio, aunque solamente con el fin de solucionarlo...

—¡Exactamente! —exclama Marga con entusiasmo—. Yo no sería capaz de explicarlo así y, por eso, he tenido que recurrir al cuento. Pero he comprendido muy bien lo que quieres decirme. La ruptura de las relaciones, el fracaso matrimonial, se produce porque, de repente, surge una oscuridad total entre los esposos. Antes se veían, eran cada uno luz para el otro; pero luego, poco a poco quizás, empezaron las sombras, las dudas, la incomunicación, el hastío... ¡Y se apagó la luz! Ya no se veían; se miraban sin verse... Y si no se buscan en la luz, no se volverán a ver. Por eso me encanta ser abogada mediadora, porque los mediadores somos como la luz que se enciende para que las cosas se puedan ver con claridad, dentro del realismo legal, dentro de las posibilidades reales de un abogado. Eso sería para mí lo que has dicho: «Reunir las dos visiones incompatibles en un todo armonioso». ¿No te parece?

—Sí, claro. La metáfora me parece de lo más adecuada. Y veo que, en efecto, eres muy intuitiva. En determinados momentos es muy útil construirse un universo paralelo, con imágenes, con metáforas, con ejemplos para poder comprender e iluminar los complejos elementos de la personalidad, los conflictos, los problemas... También yo he desarrollado una metáfora propia sobre el trabajo del abogado mediador. Porque, ciertamente, a mí no me gusta demasiado llamarlo «profesión» a secas, aunque lo es, y sobre eso no me cabe la menor duda; pero se trata de una profesión especial, nueva y a la vez vieja como el mundo. Es la vocación propia del que ayuda a buscar, a hallar, a poner paz, a devolver cada cosa a su sitio, a reconciliar, sanar y hacer que la vida siga, porque no se acaba el mundo, porque siempre hay una posibilidad...

—¡Dios mío! —exclama Marga—. ¡Eso es, precisamente, lo que yo siento! Lo siento aquí. —Se lleva la mano al pecho—. Aquí muy dentro. Ahora es parte de mi ser... Soy Marga, pero soy abogada mediadora. ¿Verdad que suena muy bien? En serio, me hace tan feliz esta profesión...

—Me alegra mucho saberlo y comprobarlo —dice la psicóloga—. Nada hay mejor en la vida que encontrar el propio sitio, la propia vocación...

Se quedan en silencio, por el acuerdo, por la comunión de ideas. Hasta que Marga le recuerda a la profesora:

—Decías que habías encontrado un nombre metafórico para identificar el trabajo de los abogados mediadores. ¿Y cómo le llamas tú a nuestra profesión? ¿Qué nombre le das a la mediación?

—Lo llamo el «excipiente».

—¿Cómo?

—«Excipiente». En farmacia se designa con ese nombre a una sustancia inactiva que se usa para incorporar el principio activo del medicamento. Además, los excipientes son también los que ayudan al proceso mediante el cual se asimila el medicamento.

—¿Y qué tiene que ver la farmacopea con lo nuestro?

—Muy sencillo. Déjame que te lo explique. En general, las sustancias activas que contienen los medicamentos en la mayoría de los casos no pueden ser absorbidas por sí mismas en el cuerpo humano. Se necesitaría que fueran administradas de una manera adecuada, disueltas o mezcladas con otra sustancia que sea capaz de hacer llegar lo que cura al lugar del cuerpo que debe ser curado. Eso es el excipiente: es la sustancia, sólida o líquida, que no cura por sí misma, pero que ayuda a que lo que verdaderamente puede curar llegue al sitio que lo necesita. Digamos, pues, que es el medio, la manera; o sea, la «mediación». ¿Lo ves ahora?

—¡Genial! —exclama Marga, con una mirada luminosa.

Yo le llamaré a mi trabajo a partir de ahora «excipiente M»; «M» de mediadora.

—Y también «M» de Marga —apostilla la catedrática.

CUATRO

Las Navidades fueron como suelen ser generalmente las Navidades: fatigosas, comilonas, exageradas, empalagosas... Pero pasaron al fin, dejando un poso de nostalgia y la inevitable sensación de que se estrenaba una nueva vida; aunque esos días de principios de enero no tengan nada de particular y, apenas una semana después, nadie repare en que esa aparente nueva vida es la misma antes, la de siempre.

Por la ciudad de Cáceres, todavía iluminada con artificiales estrellas, Mavi camina hacia su casa el jueves 8 de enero, después de haber estado echando un vistazo a las rebajas. Poco o casi nada ha encontrado que le interese: solo ha comprado una blusa que, aun siendo anodina, le ha parecido barata. Por las calles se ven mujeres con bolsas de plástico y hombres demasiado abrigados. Todavía, como si no hubieran tenido suficiente con las obligadas fiestas, hay bullicio en algún que otro bar. Siempre quedarán los que no se resignan y encuentran cualquier motivo para retornar al socorrido refugio de los bares. A ella le hace gracia pensarlo, pero al mismo tiempo le causa hastío... Al pasar por uno de aquellos establecimientos, ve un animado grupo en la barra. Se detiene delante de la cristalera y desde fuera, amparada en la oscuridad, les contempla entre la curiosidad y la desgana. Dentro hay luz mortecina, un árbol de Navidad algo desvencijado y servilletas de papel arrugadas tiradas por el suelo. El camarero parece más divertido todavía que sus clientes: sonríe, sirve copas y pone música para animarlos y que no se le vayan; seguramente porque no se esperaba esa ganancia extra un día insulso de diario, recién pasadas las fiestas de mayor trabajo para su negocio. El grupo que está bebiendo conversa a voces, como suele suceder en estos casos. Enseguida Mavi reconoce sus caras: son abogados, funcionarios de los juzgados y procuradores; lo que ella llama «el gremio de la justicia», es decir, su antiguo gremio. Muchos de los que están allí dentro fueron compañeros de carrera, amigos o colegas. La situación se le antoja básicamente extraña, casi irreal. Desde dentro afloran las voces, las risas y una canción monótona que acrecienta ese sentimiento de desolación.

Mira el reloj: son las ocho y veinte. Entonces supone que deben de llevar todo el día por ahí: primero las cañas, luego los vinos, la comida, el café... y ahora, los consiguientes cubalibres. «¡Hay que tener ganas!», se dice para sus adentros. Cuando deja la cristalera y sigue su camino en dirección a casa, la canción se hace más nítida en la distancia. No hay gente por la calle. La voz del hombre que canta se oye perfectamente; es Manolo García. Ahora distingue incluso la letra:

... Rastro, huella de los pasos errantes
del buscador de señales.
Nunca el tiempo es perdido,
es solo un recodo más de nuestra ilusión ávida
de olvido.
Nunca el tiempo es perdido,
nunca el tiempo es perdido...

Difícilmente es capaz de imaginarse Mavi que una canción pudiera adecuarse mejor a sus sentimientos de aquella fría tarde de principios de enero. Por eso, en vez de apresurar sus pasos, hace que sean más lentos, hasta casi detenerse... Entonces, cuando la voz de Manolo García se extingue por fin, ella se descubre a sí misma repitiendo el estribillo:

Nunca el tiempo es perdido,
nunca el tiempo es perdido...

Allí, parada a veinte metros de aquel bar, se ve asaltada por una especie de autocompasión, al pensar que todavía queda dentro de ella algo del atontamiento provinciano propio de los veinte años.

Y entones sucede algo que, desde luego, tiene su propia lógica, pero que a ella la toma por sorpresa.

—¡Eh, Mavi! ¡Mavi! —grita a sus espaldas una voz.

—¡Es Mavi! ¡Sí, es ella! —exclama una segunda voz.

Durante un instante, ella duda: ¿apretar el paso y hacerse la desentendida o dar la cara? Finalmente, llena de cortedad, y dado lo cerca que está de quienes la llaman, opta por volverse. Tres de los miembros del grupo que estaba en el bar han salido a fumar. Están allí, sonrientes, mirándola como en suspenso. Los tres son conocidos: Fernando, secretario judicial a quien Mavi hace bastante tiempo que no ve, a pesar de haber sido un buen amigo y compañero; Anselmo, magistrado joven a quien trató poco; y Marga, abogada, que fue compañera suya en la facultad. La situación es incómoda; por la hora, por el estado de euforia en que ellos se encuentran y porque Mavi no se esperaba un encuentro como ese precisamente este día. Así que, sacando fuerzas de flaqueza, inventa una sonrisa y va hacia ellos con la intención de saludarlos.

Después de los besos, los abrazos y las obligadas felicitaciones por el año nuevo, Fernando es quien toma la palabra para decir:

—¡Mavi, qué bien se te ve! ¡Mejor que en las fotos de los periódicos!

—Anda, tonto —contesta ella con timidez.

—¡Que sí, Mavi, estás espléndida!

Y enseguida, inevitablemente, surge la invitación para que entre a tomar algo con ellos.

—Iba a casa. —Busca ella con agilidad una excusa—. Tengo trabajo atrasado...

—¿Trabajo? —replica Fernando—. ¡Vamos, entra con tus antiguos amigos! Desde que te hiciste tan famosa no hemos vuelto a estar contigo... Venga, solo una copa.

—¿Famosa? —gruñe ella—. ¡Qué tontería, Fernando!

—¿Cómo que no? —responde Anselmo—. ¡La gran escritora de novela de misterio! No seas modesta, Mavi. Con tu última novela en la lista de los libros más vendidos...

—Bueno, ¿entras o no? —insiste Fernando—. Aquí nos vamos a quedar todos helados.

Todavía vacila Mavi, aferrándose a su sonrisa forzada. Pero Marga se pone a su lado, la toma del brazo cariñosamente y tira de ella hacia el interior del bar.

—¡Anda, danos ese gusto, Mavi! —le pide—. A tus antiguos amigos nos gustaría saber qué es de ti en tu nueva vida.

—¿Mis antiguos amigos? —replica ella—. ¡Sois mis amigos!

—Pues más a mi favor —dice Marga—. Así que, ¡adentro!

En la luz demasiado perezosa del bar, en su calor, en el vaho alcohólico, Mavi se encuentra de momento un poco perdida. Todos se vuelven de repente hacia la recién llegada, con caras de sorpresa. Casi todos han engordado y se ven más flojos, más lentos y mayores. El abogado Ángel Ruiz está más calvo, y las cabezas de los demás se han poblado de canas. Aquellos rostros guardan la expresión personal de cada uno, no obstante las arrugas, la piel enrojecida de alguno y la congestión propia de la fiesta. Solo Alicia, otra antigua compañera, sigue estando guapa y radiante, a pesar de su delgadez y sus canas; tiene echada la cabeza un poco hacia atrás, como para dar un trago en el vaso largo, y mira el paso de Mavi con escépticos ojos verdosos.

—Pero... ¡Mavi! —exclama—. ¡Será posible!

—¡Amigos, mirad! —proclama Fernando—. ¡Mirad quien está aquí! ¡Laura White en persona!

Hay un amago de aplauso, que inmediatamente corta ella iniciando una retahíla de cariñosos saludos. Y tras las felicitaciones, los parabienes y demás cumplimientos, sigue a Fernando hasta el extremo interior de la barra. En ese lugar permanecen un largo rato, hablando y recordando, mientras apuran un par de copas. Mavi sigue sin encontrarse del todo cómoda; pero ello no impide que su corazón esté cada vez más alterado por un olvidado sentimiento de fraternidad y amistad hacia aquellos hombres y mujeres con los que ha compartido muchas horas tiempo atrás. Con sus ojos teñidos de profundo azul oscuro, mira tiernamente los rostros y los va reconociendo, fascinándole la manera en que le evocan la belleza de la juventud, los sentimientos apasionados y las locuras de la edad.

* * *

Habían transcurrido un par de horas, que parecieron un instante. Durante ese tiempo, Mavi se fue acomodando y relajando, hasta olvidarse de que al principio le supuso un gran esfuerzo, casi un sufrimiento, entrar en aquel bar. El cariño con que fue recibida, la música y los efectos de la bebida se habían unido para proporcionarle un estado inicialmente no buscado, pero luego consentido y hasta deseado. Incluso esta-

240

ba sorprendida al descubrir lo bien que se hallaba allí. Dos horas, aunque pasen rápidas, dan para hablar de muchas cosas. Primero, como es natural, salió la política y el tema de conversación más socorrido de cuantos pueda haber: lo mal que está todo. Luego se pasó a la vida cotidiana, a los problemas de los hijos, al trabajo, al futuro inseguro... Hubo quien quiso sacar el espinoso asunto del terrorismo internacional y el islamismo radical como la mayor amenaza en los próximos tiempos... Pero, como quiera que una suerte de nube oscura de pesadumbre amenazó con cargarse la reunión, alguien alzó la voz y dijo:

—¡No nos empeñemos en verlo todo negro!

—¡Eso! —añadió Marga—. Hemos venido a divertirnos. ¡Se acabó el tema!

Quizás transcurrió una hora más, pero a nadie se le ocurrió siquiera mirar el reloj. Únicamente Mavi, a quien de vez en cuando le asaltaba la pregunta de por qué había acabado allí, albergaba todavía un resquicio de responsabilidad y reparaba en que debía de ser ya tarde. Pero la conversación había llegado en ese momento a un punto tan interesante que desechó la mera posibilidad de marcharse.

Han ido a sentarse en un rincón del bar, en torno a una pequeña mesa, algunos del grupo: Marga, Alicia, Mavi y Fernando. Ya no hablan de política ni de lo mal que está todo; han pasado a tratar de cosas más profundas: de sí mismos. Alguien empezó recordando todas las ilusiones y los ideales que habían tenido los que ahora estaban allí hace treinta años; y todos se sintieron animados a sumergirse en esa especie de autocomplacencia que hace creerse a cada generación como la más noble, la más abnegada, la mejor, la definitiva... Pero entonces Alicia les devolvió a la penosa realidad diciendo:

—Sí, pero, como suele pasar, los años nos han domesticado...

Todos se quedan en silencio, y ese silencio certifica aquella afirmación tan cruda como la realidad.

—En efecto —asiente Fernando, suspirando—, nos han domesticado a todos.

Una vez más se hace el silencio. Hasta que Marga toma la palabra:

—No sé por qué decís eso. ¿Qué tontería es esa de que nos han domesticado? —pregunta, fingiendo seriedad—. ¿A qué os referís con eso?

—A que la vida es así —responde con resignación Fernando—. Cuando eres joven... ¡Ah, cuando uno es joven! Te crees que te vas a comer el mundo. Todo son ganas, ilusiones, ideales... Y luego, mira en lo que te quedas.

—¿Cómo que en qué te quedas? —replica Marga en tono intencionado—. ¡Qué manía de mitificar la juventud! Ahí es donde está el problema: en el discurso de nuestra sociedad, que exalta todo lo joven; y que toma forma en la añoranza de esa juventud perdida... Y ahora resulta que no queda más remedio que reivindicar para todo el mundo un forzado «espíritu juvenil»; hasta que solo lo joven es el estado válido del espíritu, la única mentalidad posible... Y así nos va:

somos una generación de inmaduros. Y lo peor de todo, los jóvenes de ahora también interiorizan este discurso y se creen que están de verdad en la mejor época de sus vidas, cuando resulta que les queda mucho que vivir por delante... Les queda tal vez lo mejor, pues apenas han vivido una pequeña parte... Igual que a nosotros: nos queda aún lo mejor.

Los rostros de los demás se han quedado como en suspenso. Luego llega el turno de los comentarios.

—Está muy bien todo eso que has dicho, Marga. No se te puede quitar la razón. Pero... ¡qué pena da dejar de ser joven! Esa es la pura y simple realidad —señala Mavi, en un tono entre irónico y admonitorio.

Los demás se echan a reír. Y Alicia, siguiendo con la broma, añade:

—Es que Marga, desde que está en sus cursos de abogada mediadora, está de un filosófico...

Se elevan las risas. Solo la aludida permanece durante un instante seria, pero pronto ve que se aliviaría sumándose a la hilaridad.

—Pues no está de más un poco de psicología —afirma, participando en las risas—. Sobre todo porque no hay mayor desastre que vivir sumido en la irrealidad, ya que la vida continúa imparable y se desarrolla en nosotros gracias a nuestra relación vital con la realidad. La verdadera vida no es una huida de la realidad, sino una entrega total a la misma... —Esto último lo ha dicho con tanto convencimiento aun riendo, que los demás se quedan esperando a que prosiga, un poco más respetuosos. Y ella continúa—: La capacidad humana para el autoengaño es increíble... Algunas personas son muy hábiles para engañar a los demás, pero hasta los más embusteros se quedan en nada en comparación con las formas que cada uno de nosotros tenemos para engañar a nuestro propio yo... Estamos siempre totalmente dispuestos a adoptar la realidad cuando esta se ajusta a la manera en que nos vemos a nosotros mismos y al mundo, pero cuando esa realidad no nos gusta, cuando nos enfrentamos a aspectos de nosotros mismos o de los demás que no estamos dispuestos a aceptar, acudimos a los más sofisticados mecanismos psicológicos de defensa para enseñarnos, creyéndonos que podemos mantener con esos engaños la seguridad y la estabilidad... Por eso, saber descubrir nuestras falsas ilusiones supone un enorme reto y un gran compromiso con la verdad.

Cuando Marga pone fin a su discurso, todos se quedan callados. Las conversaciones en el bar son ya más calmadas y la música suena más baja. Se han quedado pensativos, tal vez porque están rumiando estas palabras y tratan de ver dónde radican sus propios engaños; o tal vez, sencillamente, porque ya están cansados.

—Bueno, amigos, yo me voy —dice Mavi, poniéndose en pie—. Son ya más de las doce. Ha sido una maravilla encontraros por aquí, por pura casualidad.

—Pues ya sabes —le dice Fernando—. A ver si nos juntamos más a menudo.

Entonces ella se dirige a Marga y le dice con una sonrisa cordial:

—Has dicho algunas cosas muy interesantes... ¿Podríamos seguir esta conversación mañana tú y yo?

—Claro que sí. ¿Comemos juntas?

—¡Hecho! Mañana a las dos aquí mismo. Yo me encargo de reservar mesa en algún restaurante tranquilo.

Cuando Mavi va camino de su casa no hay nadie en las calles. Una fría neblina envuelve las luces, creando en torno difusos halos que toman sus colores. Ella, sin saber por qué, se descubre repitiendo aquel estribillo:

Nunca el tiempo es perdido,
nunca el tiempo es perdido...

CINCO

Es martes 31 de marzo. En el azul débil del cielo que amanece, después de una fría noche, saciada de estrellas, solo una nubecilla alargada, delgada, rosácea, tiene una gracia inefable sobre el conjunto de las murallas, los edificios viejos y las torres de la ciudad monumental de Cáceres. Las negras manecillas en el rostro blanco del reloj del ayuntamiento señalan las ocho y cinco minutos. Ya se han echado a volar las diligentes golondrinas, aunque premiosas y silenciosas; pero los pasos de los que a esa hora están levantados resuenan con claridad rotunda bajo los soportales de la plaza Mayor. En alguna parte del barrio antiguo, tintinea alegremente una campana.

Agustín está detenido en una esquina, y se siente como un idiota mirando hacia el reloj, hacia el tímido clarear del cielo y hacia los cuatro desgraciados que deambulan tan temprano. Aún duermen las tiendas tras sus rejas y las sombras se dispersan con lentitud a medida que el sol asciende. El fantasmal encanto de los callejones se va perdiendo y, tan pronto allá como más acá, se van sucediendo estridentes y metálicos ruidos de cerrojos, cadenas, llaves, persianas... La ciudad se despierta y se sacude el frío que la impregna.

En el reloj, las manecillas señalan ya las ocho y media. Agustín se impacienta, camina bajo los soportales para entrar en calor y no deja de lanzar ojeadas en todas direcciones para ver si por fin acaba de llegar la persona a la que está esperando, la cual le ha citado allí, a esa temprana hora, sin explicarle con qué motivo. Por eso, al ver que se retrasa tanto, saca el teléfono móvil del bolsillo y marca su número para pedirle explicaciones. Pero, para mayor contrariedad, recibe como respuesta la mecánica voz femenina que le anuncia que «el teléfono al que llama se encuentra apagado o fuera de cobertura en este momento». Está entonces a punto de tomar la decisión de irse, pero una mezcla de curiosidad, incertidumbre y condescendencia hace que finalmente opte por ejercitar la paciencia.

Cuando pasa un minuto de las nueve, y ya se va, una voz le llama a la espalda:

—Agustín, buenos días.

Él se vuelve y ve a Marga a unos pasos, que viene hacia él, envuelta en un chaquetón color naranja estridente que aporta a su presencia una visibilidad exagerada, máxime bañada por el temprano sol.

—¡Marga, por el amor de Dios! —protesta Agustín—. ¡¿No quedamos a las ocho?! ¡Llevo aquí esperándote una hora entera!

Ella se queda parada un instante, mirándole con expresión confundida. Luego mira su reloj, se encoge de hombros y alza la voz diciendo:

—¡Agustín, son las ocho y cinco!

—¡Que te crees tú eso! ¡Mira el reloj del ayuntamiento!

Ella fija sus ojos muy abiertos donde él le indica y hace un mohín de extrañeza.

—¡Ahí va! ¡Las nueve y cinco! —exclama, con una sonrisa bobalicona.

—Claro, claro, las nueve y cinco —refunfuña Agustín, apuntando hacia el reloj con el dedo, con la mano y con todo el brazo estirado—. ¡Llevo aquí más de una hora!

Marga le mira y se echa a reír.

—¡Ya está! Ya sé lo que me ha pasado: otra vez el cambio de horario... —afirma, divertida.

—¡Sí, eso es, el cambio de horario! ¡Claro, Marga, el puto cambio de horario! ¿No sabes que hoy es martes 31 y que el domingo había que retrasar una hora el reloj?

—Sí, sí que lo sabía —ríe ella, mirando su reloj—. Pero como yo no lo cambio, resulta que para mí eran las ocho... ¡Qué tonta! Debí pensar que las ocho tuyas eran mis siete... Pero se me olvidó... Me pasa siempre al principio, los días siguientes del cambio, pero luego...

—¡Me cago en...! ¡Marga, por favor!

—No se hable más —dice ella nerviosa, mirándole de hito en hito—. Y no te enfades. Eso es una minucia en comparación con lo que tengo que decirte... ¿Vamos a tomar un café?

Agustín resopla y hace visible su contrariedad. Pero al instante afloja su actitud.

—Anda, vamos a tomar un café —asiente.

Allí mismo, en la plaza Mayor, está la cafetería del restaurante El Pato. Entran y van a situarse en un extremo de la barra, inundada por la luz que entra a raudales por una cristalera.

—Bueno —dice Agustín, mirándola de reojo—. A ver qué es eso tan importante que tienes que decirme a estas horas de la mañana.

Marga hace como si no le hubiera oído y pide los cafés.

Él sacude la cabeza con ademán de reproche y mira hacia la calle a través de la cristalera, refugiándose en el silencio.

—¿No quieres un dulce? —le pregunta ella.

—No, solo café.

—Pues yo me tomaré una magdalena.

Mientras saborea su dulce, Marga medita, con el pecho agitado de sentimientos. Él sigue observándola de reojo de vez en cuando, impaciente y malhumorado, diciéndose para sus adentros: «A ver con qué enredo me viene ahora esta fantasiosa».

De repente, ella se vuelve y se le queda mirando, leyendo la duda en su rostro.

—¡Anima esa cara, hombre! —le insta, echándose a reír a carcajadas.

—Coño, Marga, me estás agobiando... ¡Habla de una vez, mujer!

Entonces ella, dulcificando cuanto puede el tono de su voz, le dice sin ambages:

—Tú sigues furioso por todo lo que te ha pasado en estos dos años, Agustín. No se puede vivir así, con esa mala leche y siempre a la defensiva.

Él guarda silencio un instante, como cogido por sorpresa.

—Coño, Marga, no me censures... —le pide—. ¿Y te parece poco lo que me ha pasado? Tú lo sabes bien: en nada de tiempo me he quedado sin mujer, sin hijas, sin casa, sin trabajo, sin un euro... ¿Sabes que ya no vivo en Cáceres?

—Sí, lo sé; sé que te has ido al pueblo con tus padres.

—¿Y qué iba a hacer sino? ¿Qué hago aquí? Al menos allí tengo a mis padres, a mis hermanas y a mis cuñados. Pero aquí... Me apena decírtelo con toda franqueza: estoy hecho una mierda... ¿Y sabes lo que hago en el pueblo? Pescar, Marga, pescar; eso es lo único que hago... Y ahora, en este tiempo, ir al campo a coger espárragos. Y ver como se pasa la vida... ¿Qué te parece? Esa es mi vida; mi puta vida...

Ella clava en él una mirada compasiva.

—Te comprendo, Agustín —contesta en tono sincero—. Y lo siento mucho. Créeme si te digo que lo siento.

—A nadie le gusta tener que ser compadecido... —dice, compungido, tras un breve silencio—. ¿Crees que no me gustaría tener todo el trabajo que tenía hace ocho años? Pero ya sabes, para esta profesión mía las cosas no son fáciles después de la crisis. Ahí tienes a los arquitectos: ¡parados! Ahí está la construcción: ¡igual! Y nosotros, los aparejadores, esperando cada día a ver si nos cae algo...

—¿No encuentras nada? ¿En todo este tiempo no te ha salido ningún trabajo?

—Cosillas sueltas; muy poca cosa... Apenas para ir tirando, para pagar el coche, la gasolina, algunos gastillos... Pero ya sabes que tengo que pasar encima la pensión de alimentos y los gastos de la pequeña... ¡Y para colmo sin despacho! Si por lo menos tuviera mi estudio donde poder trabajar. Pero... ¿quién puede pagar un alquiler como está todo? —Marga le escucha atentamente. Y Agustín, que se ve impelido a desahogarse, añade—: La vida ha sido injusta conmigo... ¡Qué jodida vida!

Deseosa de consolarlo, ella le dice riendo:

—¡Anímate, hombre! Ya verás como todo se arreglará.

—Sí, se arreglará —responde él, alzando los hombros desdeñoso—. ¡A ver cómo! ¡Me cago en...!

Marga hace un gesto del que Agustín deduce que quiere dar por terminado ese tema de conversación, a la vez que saca el monedero para pagar la cuenta.

—¡Eh, pago yo! —protesta él—. Una cosa es que esté pobre y otra el orgullo.

—Muy bien, paga tú —dice ella sonriente—. Y vámonos por ahí a dar un paseo. ¿Te parece bien por la parte antigua de la ciudad?

* * *

Aquel día último de marzo resultó cálido y diáfano... Uno de esos días de primavera que, en Extremadura, son una bendición... Hay una quietud especial en el barrio viejo, la quietud del cielo intensamente azul, y la oblicua luz que cae otorgando vivacidad intensa y significativa al verde de las enredaderas y madreselvas que se descuelgan desde los terrosos paredones. Cada edificio es desigual en sí mismo: piedra por piedra, ladrillo por ladrillo, ventana por ventana...; y desigual con respecto a los demás: caserón por caserón, palacio por palacio, iglesia por iglesia... Pasear por allí, ora cuesta arriba, ora cuesta abajo, en la umbría o a pleno sol, tiene un encanto y un misterio que en pocas partes puede hallarse.

Pero ni siquiera toda aquella belleza avejentada, evocadora, ni toda aquella luz podían avivar algo la mirada derrotada, afligida de Agustín. En cambio, a Marga parece que le hierve la sangre. Camina con pasitos cortos, luchando contra sus tacones, que a su vez luchan con la irregularidad del firme pedregoso, con las escalinatas, con los musgos resbalosos... Y mientras sus ojos bailan de pura felicidad, contemplando las cigüeñas, las bandadas de palomas, los vencejos, los aleros de los añosos tejados, los torreones...

—¡Ah, cómo me puede gustar tanto este lugar! —suspira, con aire soñador—. ¡Me encanta!

—Marga, por favor, ¿qué es eso que tenías que decirme? —le insta Agustín, echándole una mirada funesta.

—Un momento, solo un momento más... Ya estamos llegando.

Caminan cuesta arriba, por un callejón estrecho sembrado de escalones desiguales. Huele a humedades, a frías interioridades de vacías y viejas casas; pero, a la vez, a tempranas flores amarillas que crecen en los abandonados y selváticos corralones.

—Aquí —dice ella cuando llegan a una plaza no demasiado grande, toda inundada de luz—. Sentémonos aquí tranquilamente, Agustín.

Van a sentarse en un poyete de granito, caldeado por el sol, como la pared donde apoyan la espalda. Allí Marga resopla mientras se quita el vistoso abrigo naranja.

—¡Uf! ¡Qué calorcito! —exclama—. Qué bien se está aquí, ¿verdad?

Bajo el abrigo luce un vestido sencillo de color también naranja, pero menos exagerado, de corte nítido, con cuello blanco... No puede evitar sentarse con coquetería y mirarse las medias para comprobar que permanecen sin desperfecto; y al ver un casi insignificante desgarro en la pantorrilla, se lleva el dedo índice a los labios y lo moja con la punta de la lengua, para luego aplicarlo como remedio.

—¡Marga, coño! —protesta sulfurado Agustín—. ¿Vas hablar o no? A la una a lo más tardar tengo que coger el coche para regresar al pueblo...

—¡Ay, a la una! —exclama ella, mirando su reloj—. ¡Si son poco más de la diez!

—¡Poco más de las once, Marga! ¡Tiene huevos la cosa!

Ella luce una piel clara, fina como el papel, lisa, una tez bien cuidada. Y unas facciones delicadas y armoniosas; los ojos brillantes, bondadosos; la expresión, unas veces alerta y otras despistada... De repente, pone su intensa mirada en Agustín y le pregunta:

—¿Tú sabes por qué me hice abogada mediadora?

—No, no lo sé —responde él con exasperación—. ¿Por qué te hiciste abogada mediadora?

—Pues la verdad es que tampoco yo sé muy bien por qué. Y mira que lo pienso, porque lo pienso mucho... Sobre todo últimamente.

—Pues si no lo sabes tú... ¡Qué rara eres, Marga!

—Bueno, Agustín, digamos que lo sé y no lo sé. ¿No te pasa a ti eso con algunas cosas en la vida?

—Te lo ruego, Marga, no empecemos con misterios... —contesta él, suspirando—. Al grano, hija, al grano. ¿Qué es lo que tienes que decirme?

Ella aprieta los labios carmesí y luego, como si no hubiese oído esa respuesta, dice con ojos soñadores:

—Ayer fue uno de los días más felices de mi vida...

—¿Y eso? ¿Qué te pasó ayer?

—Para los abogados ganar un pleito es una gran satisfacción. Te alegras por ti, claro, pero también por el cliente... Me da mucha pena que la gente piense que los abogados buscamos solamente el dinero... Hoy día todo está bajo sospecha. Pero tú no sabes la felicidad que se siente cuando todo tu esfuerzo, tus razonamientos, tus idas y venidas dan su fruto... ¡Es maravilloso! Yo he ganado muchos pleitos en mi vida como abogada y también, como es natural, he perdido muchos... Pero te digo, siendo completamente sincera, con todo mi corazón, que cuando más feliz he sido es en los casos en que he visto con claridad que quien ganaba era la justicia, el bien, la verdad... Cuando he sido capaz de que al menos a alguien se le arreglen un poco las cosas, esas cosas que se trastocan y que ya parece que no tienen remedio...

Agustín la mira con una luz nueva en sus ojos afligidos. Calla, la sigue mirando y acaba diciendo:

—Marga, tú eres una buena persona, y debes saberlo. ¡Qué pocas personas hay como tú! Si hubiera más... ¡Ah, si hubiera más! Pero eres un tanto ingenua, también debes saberlo...

—¡Claro! Yo también tengo mis cosas, no creas...

—Bueno, ¿quién no tiene sus cosas? Pero tú eres una buena persona...

De repente, Marga baja la cabeza para ocultar sus ojos llenos de lágrimas.

—No sé si lo soy, pero hoy me siento muy feliz, de verdad, muy, muy feliz... Y muy agradecida...

—¿Por qué? —pregunta él, estirando el cuello.

Ella le mira, se enjuga las lágrimas y ensancha su pecho.

—Siempre te estaré agradecida porque me diste la oportunidad de mediar en tu pleito con Mavi —responde.

Él se echa a reír, aunque con un asomo lastimoso en el semblante.

—¿Y qué podía hacer sino? ¡Te empeñaste en mediar!

—Sí, me empeñé, es verdad. Me empeñé porque vi desde el principio que lo vuestro no era un caso de juzgado, que se trataba de otra cosa: era un caso perfecto para la mediación familiar. Era mi gran oportunidad, una posibilidad ideal para llevar a la práctica cuanto había aprendido en el curso que hice en Madrid... Pero, al mismo tiempo, era algo más... En cierto modo, era mi caso, mi propio caso... Porque, como te conté en su momento, cuando murió mi marido sentí un vacío enorme, como un hueco, como una frustración que nada podía aliviar... Y eso, que ya no tiene remedio, era no solo por la ausencia física, por la pérdida...; era porque algo dentro de mí no dejaba de decirme que se pudo hacer algo más, que no habíamos sabido darnos una oportunidad, una última oportunidad, seguramente porque nadie nos hizo ver a ninguno de los dos que estábamos cegados por sentimientos, rencores, celos, rabia... ¡Estábamos ciegos! ¿Comprendes lo que te quiero decir, Agustín? Por eso me hice abogada mediadora, porque los juzgados, los jueces, los papeles... a veces no sirven para poner en orden algunas cosas de las personas... Se necesita algo más...

—Sí, sí que te comprendo, mujer. ¿Cómo no te voy a comprender? Eres tan buena persona que no soportas ver sufrir a la gente; por eso mismo, porque tú has sufrido mucho... Pero una cosa son los sentimientos, los deseos, la utopía... y otra muy diferente la realidad de la vida... Ya somos mayorcitos para saber que hay cosas que no tienen remedio...

Ella sonríe, menea la cabeza y, con una felicidad que no puede ocultar, exclama:

—¡Oh... sí, Agustín! Sí tienen remedio... —Él la mira como preguntándole y a la vez con rostro escéptico. Y Marga, incapaz ya de contenerse, le dice—: Conseguí al fin hablar con Mavi... ¡Hablé con ella, Agustín! Me escuchó, me escuchó muy amablemente... Estuvimos hablando y hablando... Hemos hablado durante días. Con Mavi se puede hablar...

Agustín se remueve, su cara se ruboriza. Está colérico, a pesar de que intenta aparentar naturalidad.

—¿Hablasteis...? ¿Y de qué hablasteis ella y tú?

—Lo siento, pero no te lo puedo decir todo... No te contaré el fondo de la conversación; no sería honesto ni justo ni profesional... Lo importante es que hablamos y...

—¿Y?

—Mavi ha aceptado la mediación —le anuncia ella en un tono que denota sin duda que cree realmente en lo que dice.

Y a pesar de ello, con cara de pasmo, Agustín le pregunta:

—¿Estás segura...?

—¡Claro, Agustín! ¡Claro que sí! Pero eso no es todo... Aparte de aceptar la mediación, está de acuerdo en las reclamaciones principales de tu recurso: admite pasarte una compensación y está dispuesta a ver la posibilidad de que recuperes el estudio de aparejador en la casa. Si tú estás conforme en negociar los términos... Solo falta ya que hables con tu abogado y que retire el recurso ante el Supremo.

Él se queda en silencio durante un largo rato, como si todavía no consiguiera creerse lo que acaba de oír. Pero luego su semblante se llena de indignación; los ojos le brillan hasta derramar lágrimas.

—No sé lo que habéis estado hablando Mavi y tú... —dice con manifiesto enfado—. Pero te lo advierto desde este mismo momento: no aceptaré limosnas... ¡Lo mío es de justicia!

Marga no oculta su asombro.

—Muy bien, Agustín, pues dile a tu abogado que siga con el pleito; a ver lo que te da el Supremo... —replica en un tono no exento de sequedad.

Él levanta la mirada hacia el cielo, se muerde los labios, suspira hondo, se queda en silencio... Y luego exclama con la voz rota:

—¡Dios! ¡Dios mío! ¡No me lo puedo creer!

—¿Lo ves, tonto? —sonríe Marga, revolviéndole cariñosamente el cabello de la nuca—. ¿No te das cuenta? ¡Es por justicia! Mavi lo hace por pura justicia; reconoce tu derecho, digan lo que digan los jueces, porque ella en el fondo no es tan mala persona como piensas.

Agustín se vuelve hacia ella con los ojos llenos de lágrimas, confundido, avergonzado...

—¿Qué me acabas de decir? ¡Qué me dices! ¿Que ella acepta...? —pregunta.

—Sí. Acepta tu reclamación. Pero eso no significa que quiera... En fin, eso no quiere decir que vaya a querer reconciliarse... Su vida va por otro camino. Y tú, Agustín, debes ir por el tuyo... Así están las cosas...

Él medita en silencio.

—¡Oh, Marga, Marga...! No sé cómo lo has hecho... —dice, asintiendo con un leve movimiento de cabeza—. Pero... ¡gracias! Perdóname, Marga, perdona a este estúpido gruñón... Gracias, gracias... Y no pienses... no pienses... ¿No pensarás que quiero vivir a costa de Mavi?

—¡Qué tontería! Es pura justicia... ¡Anda, dame un abrazo! —exclama ella.

las orillas, mohínas, pensativas, parecen hablarnos de cosas profundísimas, sobre las que da mucha pereza pensar... Cosas como que el pasado es vulgar, que carece de sentido recordarlo, y que el futuro es insignificante, que, simplemente, no es nada, y que quizás no merece la pena ser vivido. Y entonces, en los pobres límites de aquellas pobres orillas, todo lo demás se aleja y se va a otros mundos, a unos cielos más altos, a una atmósfera más liviana, al firmamento infinito, a los espacios siderales, a las estrellas, a los cúmulos, vínculos e inconmensurables distancias de millones de años luz, a la vasta e impetuosa cosmosidad que nadie sabe ni sabrá jamás dónde tiene su fin... Y es como si se comprendiera la secular queja sobre la vanidad de la vida, sintiéndose implacablemente que incluso esta milagrosa primavera, ahíta de aromas y colores, pronto acabará, se fundirá con la fugacidad de cuanto hay, del tiempo y la perennidad... Y la dichosa pregunta: ¿entonces, para qué vivir?

Cualquiera que estuviera viendo desde lejos a aquel pescador, allí, en soledad, con la única compañía de la solitaria encina que le da sombra, tal vez pudiera imaginar que una tranquilidad y una desbordante alegría colmaban su alma, por tener la suerte de contemplar, como nunca antes quizás lo había descubierto, el fulgor plateado del agua, el cielo, las orillas, las sombras..., y que quizás se elevaba hacia la existencia de algo superior, eterno y venerable, sabiéndose inmortal, que nunca moriría... Y quien le viera, si pensara eso, se equivocaría, porque Agustín, pescando solo al borde del pequeño embalse, no siente otra cosa que eso: pura soledad.

Pero resulta que la soledad —dicen quienes entienden de estas cosas— es un estado subjetivo, propio de los que ya consideran huera la vida, de quienes están enfadados con ella, de quienes se han quedado a oscuras, o de quienes, hartos tal vez de brillar, han decidido descender hasta las sombras... Como aquello que cuenta Homero en un pasaje de *La Odisea*, cuando Helios (el sol) se enfurece con Zeus, el dios al que siente injusto, y le dice: «¡Bajaré a los infiernos y brillaré solamente para los muertos!». Porque sucede a veces que, aunque se esté bajo el sol más luminoso, no puede evitarse el sentimiento de hallarse entre las sombras... Ocurre esto, sobre todo, cuando en la vida nos vemos, sin esperarlo, como de repente, dados de lado, apartados a la vera del camino, echados fuera de él; y allí estamos, fatigados, confusos, sin saber ahora ni adónde ir ni qué ruta seguir...

Eso le sucede a Agustín: no ve claridad por ninguna parte... Cierto es que, después de salirse con la suya en el pleito, hubiera podido purgar su mente de rencor y no cargarla de amargura y despecho; un fuego seguía ardiendo en ella... Pero todo fuego acaba apagándose y, entonces, extinguida la lucha, ¿qué queda sino frío?

La soledad es, en efecto, un estado subjetivo cuando el que se siente tan solo es observado sin saberlo...

Y en un recodo de la carretera, que dista de la orilla del pantano unos cien metros, se halla detenido un

263

coche negro marca Audi. Dentro está Mavi y, por la ventanilla, contempla el lindero del monte, la alta y resplandeciente grama, los morados cantuesos, los brillos del agua... y al pescador solitario bajo la solitaria encina.

Ella sale del coche y, con una decisión que no admite titubeos, se echa a andar con resueltos pasos por el sendero que lleva a donde él está...

Agustín oye algo a su espaldas..., se vuelve y la ve venir, caminando ahora más despacio, pero sin vacilación. Sus cejas se levantan en un gesto de sorpresa. Lleva Mavi vaqueros, camiseta rosa y gafas de sol.

Hay primeramente un silencio largo, en el que ambos se miran. Luego, con tímida voz, Agustín dice:

—¡Coño..., Mavi! ¿Tú por aquí?

—¿Pican? —pregunta ella, sonriendo, quitándose las gafas de sol y dejando ver unos brillantes ojos de profundo azul.

—¡Psche...!

Sigue otro silencio.

—He venido para invitarte a comer —dice ella—. Son casi las dos. Me he atrevido a ir al pueblo, a casa de tus padres, para saber de ti...

—¿Y...?

—Me dijeron que estabas aquí pescando... Se han puesto muy contentos al verme...

—¿Y qué esperabas?

—¡Yo qué sé, Agustín! Con todo lo que ha pasado...

Él baja la cabeza y se pone a recoger con parsimonia los instrumentos de pesca, mientras ella le observa.

—Estás un poco más delgado, Agustín. ¿Haces deporte?

—Bueno, si pescar es hacer deporte... —responde él, fingiendo indiferencia.

Ella no se cansa de examinarlo, pensativa. Hasta que, finalmente, le insta con mayor brío:

—No me has contestado, Agustín. ¿Quieres comer conmigo?

Él ya ha recogido sus cosas y las tiene sujetas con ambas manos. Sacude la cabeza y, sopesando las palabras, contesta con rostro iluminado:

—Pues claro, Mavi, claro que sí.

Ella parece oír con satisfacción la respuesta, sonríe y avanza unos pasos hacia él.

—Anda, déjame que te ayude a llevar cosas —dice.

—No, no, ya puedo yo solo —sonríe él, agradecido.

De nuevo vuelve a reinar el silencio entre ellos. Hasta que Agustín suspira.

—Ni siquiera nos hemos dado un beso... —consta-ta con voz temblorosa y a la vez apesadumbrada—. ¿Te das cuenta, Mavi?

Ella se aparta de él en silencio y echa a andar por el camino hacia el coche. Él la sigue entre resignado y emocionado. De pronto, Mavi se vuelve sonriente.

—Todo a su tiempo... —murmura.

Este relato es el fruto de muchas conversaciones: con amigos, con amigas, con abogados, con abogadas... Antes de ponerme a escribir, inicié una especie de recorrido, un viaje, que ha supuesto para mí una aventura que estimo como algo apasionante... Al terminar de escribirlo, me viene a la memoria algo que firmó Paul Auster, Premio Príncipe de Asturias:

> Un libro no acabará con la guerra ni podrá alimentar a cien personas, pero puede alimentar las mentes y, a veces, cambiarlas...

Para mí, escribir novelas supone crear un universo paralelo. Creo que cuando uno escribe, inevitablemente, deja un mensaje. Porque en torno a nuestra vida real suceden cosas, cosas que ignorándolas solo demostramos nuestra impotencia por no poder explicarlas ni darles sentido, pero que suceden... Y es bien cierto que todas las novelas son autobiográficas al final. No porque el autor cuente en ellas lo que le ha ocurrido en su propia vida, sino porque la propia experiencia es la materia prima de lo que escribe. También lo que no te ha ocurrido forma parte de la experiencia personal: porque tenemos, gracias a Dios, sueños, ilusiones, frustraciones, anhelos, ganas de cambiar las cosas... Y porque hay quienes te han contado, generosamente, sus propias experiencias vitales. Todas las novelas nacen de una insatisfacción con nuestro propio mundo, y al final queremos que las cosas funcionen. Y empezamos a imaginar...

En este relato se entrelazan muchas experiencias y casos reales, en el juego de ficción y realidad que permite la novela. Debo ser agradecido con quienes me han prestado sus vidas, sus dolores, sus frustraciones, sus fracasos y sus nostalgias, pero también sus esperanzas, su buena voluntad y su deseo de ayudar a otros. En la historia de Mavi y Agustín se resumen muchas historias...

También debo agradecer a un entrañable grupo de abogados de Mérida que me facilitaran información, con tanto afecto, y que me dedicaran su tiempo. Especialmente a mi amigo José Custodio. Todo esto es un homenaje a ellos, a su compromiso con la verdad, su amor a los principios y sus valores humanos.

¡Encuentra aquí tu próxima lectura!

Escanea el código con tu teléfono móvil o tableta.
Te invitamos a leer los primeros capítulos
de la mejor selección de obras.